ハヤカワ文庫SF
〈SF2151〉

宇宙英雄ローダン・シリーズ〈556〉

11名の力

ホルスト・ホフマン&H・G・フランシス

シドラ房子訳

早川書房

8086

PERRY RHODAN
DIE MACHT DER ELF
DER SILBERNE
by
Horst Hoffmann
H. G. Francis

Translated by
Fusako Sidler
First published 2017 in Japan by
HAYAKAWA PUBLISHING, INC.
This book is published in Japan by
arrangement with
PABEL-MOEWIG VERLAG KG
through JAPAN UNI AGENCY, INC., TOKYO.

目次

11名の力

11名の力

ホルスト・ホフマン

登場人物

ペリー・ローダン……………………銀河系船団の最高指揮官
ラス・ツバイ…………………………テレポーター
グッキー………………………………ネズミ＝ビーバー
レス・ツェロン………………………《バジス》乗員。ネクシャリスト
オク・ミュッペルハイマー…………同乗員。異種族心理学者
シェリー・W・オガート……………同乗員。船内情報管理者
ゾック三光……………………………アルマダ種族ゾックの司令官
ハクン…………………………………精神存在

親愛なるハミラー！

タイマーが作動して、これをハミラーが読むときには、ぼくはもうここにいない。探してもむだだよ。だれにも見つからないんだから……《バジス》のなかでは。

ハミラー、グッキーがいま死ぬようなことになれば、それはぼくのせいなんだ。だけど、ぼくひとりのせいじゃない！

告げ口なんてこれまで一度もしたことないけど、グッキーの意識がもどらなかったら、オクとぼくのしたことをみんなにわかってもらわなくちゃ。ハミラーから知らせてもらえるよね。グッキーは、ひとりでにいまみたいになったわけじゃない。シグリド人を疑っちゃだめ。あの人たちは関係ないんだから。

といっても、ほんとは関係あるけど。

ハミラー、ぼく、オクのことで、めちゃくちゃ頭にきてたの。オク・ミュッペルハイマーだよ、知ってるでしょ？　もちろん知ってるよね。だってハミラーは、船のなかの人をみんな知ってるんだから。

オクがグッキーとばっかり遊んでぼくとは遊んでくれなくなったから、腹がたったんだよ。それに、グッキーのことも恨んでた。だって、まぬけなオクのせいでぼくのための時間をとってくれなくなったんだもの。だから、オクがグッキーに〝あれ〟をくっつけたのを見て、いい気味って思ったんだ。

シグリド人のアルマダ炎のおかげで、オクはまともに考えることができなくなったんだよ。オクって、もともとゲーム狂だったけどね。でも、専門分野で能力があれば、ちょっと変なとこがあってもいいんだって、パパがよくいってた。ただ、ちょっとじゃなくてすごく変になっちゃったけど。

ハミラーも、なんでも知ってるわけじゃないよね。

オクはね、だれにもじゃまされずにシグリド人十一名といっしょにいたかったんだ。わかる？　かれ、どうにかして、ハミラーに見られたり聞かれたりしないようにできたみたい。でも、ぼくが談話室にかくれてぜんぶを見てたってことは知らなかった。

オクはね、水疱人を調べてみたかったんだよ。自分ひとりでかれらのメンタリティを探りだしたいと思って。だけど、そのとき、オクがシグリド人にじゃなくて、シグリド人のほうがオクになにかしたみたい。ぼくはいま思うんだけど、かれらのアルマダ炎がオクをヒュプノ暗示にかけたんじゃないかな。でなけりゃ、かれらの持つなにかがオクの頭を変にさせたんだろうな。だって、最初はふつうだったのに……ね、ハミラーは気がついてたんでしょ。オクが突然、出会う人たちをかたっぱしから分析するようになったこと。しかも、自分のことをいちばん分析したがってた！だから、オクはグッキーにあれをくっつけたんだ。グッキーとラスが例の〝帆〟を探すためにテレポーテーションで《バジス》をはなれる直前に。あのときもハミラーの目につかないようにやってたけど、ぼくは見てた。

ハミラー、ぼくのこの記録をペリーやほかの人たちに伝えてくれるよね。ぼくにはできないから。そうしようと思ったんだけど、グッキーに起きたことに気づいたときにはもう遅かったんだ。

じつはね、ハミラー、あとでもうひとつ告白しなくちゃならないことがあるの。だけど、まずはオクの話だよ。ぼくが知ってること、いまから記録する。そのほかのことは、あなたが見たとおりだし、グッキーからも聞けるかも……

ハミラー、ちっちゃな悪童オリーに腹をたてないでよ。なにが起きるか、ぼくにはわからなかったんだから！

そもそものはじまりは、かれらが帆を発見したときだったんだ……

1

「ぞろ目だ！」オク・ミュッペルハイマーはきっぱりといった。たったいま、余暇センターのコミュニケーション・ボードの日付……NGZ四二六年六月七日……を読んだかのように、当然しごくという感じで。肘かけ椅子によりかかり、ゲーム相手の顔をいわくありげに見つめる。

「なんだい？」と、その相手がたずねた。オクをのぞくと唯一の在室者であるかれの一本牙《きば》は、下方にななめに伸びた鼻に半分かくれている。

「ほら、ぞろ目ですよ！」オクはくりかえした。〝オク〟というのは、痩《や》せぎすの異種族心理学者が自分でつけたニックネームだ。かれは〝オットカール＝ゴットリーベ〟と名づけた両親をいまだに恨んでいた。かれが昔のゲームを再発見したり新しいゲームを発明したりすることに情熱を注《そそ》ぐのは、劣等感を克服するための一種の自己セラピーだと思いこんでいる人たちすらいる。実際、オクは劣等感の塊りだった。体形のためばかりではない。衝撃フィールドにはさまれてつぶれたような顔、真っ赤な頭髪やからだじゅうに散ったしみ……理由はたっぷりとあった。

　オクはおや指とひとさし指でさいころをはさみ、宝石鑑定家さながらに指を動かす。

「こっちが五、こっちが六でしょう」教師の口調だ。「合計十一……こういうのを、われわれの祖先はぞろ目と呼んだわけです」

「きみの祖先だろ」グッキーは小声で応じた。この種のひまつぶしに対する興味をふいに失ったらしく、視線はオクを素通りする。

　イルトは一定時間ごとに司令室に探りを入れていた。利用できる情報がそろそろ引っかかってもよさそうなもの。実際、M‐82の星々のあいだにはアルマダ部隊がうようよいるのに、またしても動きがほとんどなくなってしまった。ありえない状況だ。数時間後にどんな進展があるかということすら、だれにも予測がつかない。《バジス》はいま無限アルマダのまっただなかにあり、アルマダの一部は相《あ》いかわらず自分たちの部隊を捜索している。鮮やかに思い描ける光景だが、部隊間の距離は莫大だ。クラスト・マグノの周辺領域から超高速でもどってきたいま、もっとも近くに位置するアルマダ部隊まで三百万キロメートルある。

　だが、アルマダ中枢が沈黙を破ってあらたな命令を出せば、状況はたちまち変化するかもしれない。

ペリー・ローダンはどうすればアルマダ炎をできるだけ早急に入手できるか、ずっと考えている。この印章を所有するか否かが、アルマダ内部における今後の活動にとって、いずれかならず死活問題となるから。アルマダ中枢に進攻することになれば、なおさらだ。それはまだ予測のつかない先の出来事だが。

それに、銀河系船団のこともある！

フロストルービン通過後にちりぢりになったほかの船との連絡はいまも絶たれていた。二万隻近い艦船のうち、いくつがいまも存在しているか、だれにもわからなかった。

それなのに、自分はこんなところでのんきにゲーム狂の話に耳をかたむけている……さいころ遊びはすごい発見なんです、十一ばかりか百十一、さらには千百十一だって出せるんだから……とかなんとか。

なにかが起こりつつある！

グッキーは精神を集中させた。一方、オクはテーブルになにやら構築している。見たところ、両側にちいさなプロジェクターが多数ついたチェス盤のようだ。

〈帆を張ったなにかが宇宙空間をやってくる！〉……グッキーは思考をキャッチした。

〝帆〟だって？

「ほら、見てください」と、ミュッペルハイマー。「いったいなに考えてるんです？

ここにあるの、自分で開発したんですよ。持ち駒はそれぞれ十個ずつ。駒は反重力フィールドによっていろんな高さにたもたれ、デフレクター・フィールドでたがいに見えなくなっている。これ、原始的バージョンでは〝海戦ゲーム〟と呼ばれていました！」

オクのもったいぶった説明を、グッキーはほとんど聞いていなかった。

〈巨大な白い帆の下に、ちっぽけな塊りがひとつぶらさがっている！〉

意外なことに、その思考の主は《バジス》に収容されたシグリド人二千五百名の司令官ジェルシゲール・アンで、ひどく興奮していた。アンはいま司令室にいる。アルマディスト全員が誕生時にアルマダ炎を授かるといわれるアルマダ印章船の座標を、アンが知っているのではないかと乗員たちが期待しているためだった。

「いたって無害なゲームですよ」オクは相手の心中を思いやることなく、説明をつづけた。「ただ船を沈没させるだけだし、大昔のものだから中立的でもあるし。まず、わたしから。このボタンを押して、あなたのデフレクター・フィールドの陰にある持ち駒を探知し、集束した粒子ビームでそちらの戦線をねらいます。いきますよ！」

グッキーは片目だけを向けた。オクは子供じみたゲームにすっかりのめりこんで、対戦相手がいなくても気にならないようすだった。

オクがボタンを押したその瞬間、ネズミ＝ビーバーはある思考をキャッチ。すぐさまテレポーテーションしようとした。

いたかもしれない。もしそうしていたら、次に起きた爆発により、司令室以外のどこかに投げ飛ばされていただろう。グッキーは最後の瞬間にジャンプ衝動をおさえ、耳を両手でおおった。

椅子もろとも床に倒れたオクは、爆発音がおさまると、ゆっくりとからだの向きを変えて自作のプロジェクターの残骸に目をやった。それはうしろに吹き飛び、勢いよく壁に衝突していた。テーブルの天板の一部がなくなっている。

「やったぜ」イルトはうなり声を出した。「粒子ビームによってインパルス・エンジンを発明したね」

もはや自制している場合ではない。グッキーはさらに思考をキャッチした。こんどはアンではなく、アンの言葉の持つ重要性をやっと理解したローダンのものだった。

〈あの帆が〝白いカラス〟か！〉

グッキーは非実体化した。唖然としたゲーム狂はとりのこされ、戦争ゲームの意味と無意味さについて、よけいな講釈をハミラー・チューブから聞かされるはめになった。

オットカール＝ゴットリーベ・ミュッペルハイマーは、立ちあがったとたん、蠟人形のように凍りついた。

まただ！　なにかがおかしい。変なのは自分か、でなければ周囲か。

グッキーはここを去る前になにかいっていた。無限アルマダの数百万の艦船にかけて……〝白いカラス〟といわなかったか？　〝帆〟とはなんだ？

オクは生来、まず自分の側にミスはなかったかと考える性質である。そこで、自己体験スタジオと化したキャビン内にこもり、ソファに身を横たえて分析装置のスイッチを入れた。

かれがここ数日間の船内情報にもうすこし気をつけていたなら、そのようなことをする必要はなかっただろう。

しかし、悲劇はこうして進行していった……

＊

未知のものがふたたび見えなくなってからしばらくのあいだ、ジェルシゲール・アンの腕は前方に伸びたままスクリーンをさしていた。星々のなかからいきなり出現したそれは、電光石火のように《バジス》のそばを通過していった。

ペリー・ローダンはアンに目を向けた。

「白いカラスだと？」まだ信じられない思いでたずねる。

「そのひとつだったかもしれない、ということだ」アンは内容を限定した。

〝白いカラス〟とは、アルマダ炎を入手することに関連してアンが言及した、無限アルマダ内の謎めいた組織のことだ。

アンが声高《こわだか》に指摘するまで、ローダンは帆のことを気にとめていなかった。

ところが、アルマダ炎を入手するチャンスがあるかもしれないというかすかな展望に、ローダンは即座に反応した。

「探知装置はまだ帆をとらえているか、ハミラー？」

「残念ながら、ノーです、サー。重層インパルスが強すぎるので。それともちろん、対象物が高速なためもあります」

「コースは？」

「追跡した範囲内では一定です」

《バジス》艦長のウェイロン・ジャヴィアはシートを回転させた。司令室の後方から乗員たちの話し声に混じって、トランスレーターにより翻訳されたインターコスモが聞こえてくる。アルマダ部隊と個々の宇宙船のあいだでかわされているハイパー通信が、ひっきりなしに入ってくるのだ。

「アン自身、確信が持てないのですよ、ペリー」ジャヴィアは告げた。「私見ですが、われわれの近辺を偵察するために何者かが帆を送ってよこした可能性もあるのではありませんか。アルマダからきたとはかぎりません」

それ以上の説明は不要だった。セト＝アポフィスの居所と考えられる銀河に滞在中であることを忘れた者はひとりもいないのだから。

それにしても、もうずいぶん長く待っているのに超越知性体の動きはまだ見られない。

ローダンが物質の泉の彼岸からきた男に問いかけの視線を向けると、タウレクの顔にまたしても謎めいた笑みが浮かんだ。優越感と秘められた知識をたたえた笑みが。かれは、ほとんどの場合そうであるように、返事は無用と考えているらしい。

通過する帆がスクリーンにうつしだされると、ローダンはシートの肘かけを強く握った。それは菱形で、子供のころにあげた凧《たこ》を思わせる。だが、よく見るとゴンドラのついた気球のようだ。ただし、この〝ゴンドラ〟の大きさは帆とまったく釣り合っていない。局所拡大倍率をかなり高めたところ、やっと目で確認できた。

「その可能性はある、ウェイロン」ローダンはいった。「だが、それだけでは納得できない。ハミラー、帆をもう一度とらえてくれ。進んだ方向はわかっているのだから。さらに、搭載艇三十機に隊列を組ませ、追跡させよ」

ポジトロニクスは了解してから、帆に関する調査データを告げた。それによると、菱形の一辺の長さは十キロメートル。縁はふくらんでいるが、その厚みおよび帆じたいの厚さについてはまだ不明だ。局所拡大倍率を極端に高めると、一面に細かい穴のある、光をはなつスポンジ状の表面がうつしだされた。それに対して付属物のほうは、一×二メートルくらいの、ほのかに光るちいさななにかと認識されたにすぎない。

「グーン・ブロックはついていないようだ」ジェルシゲール・アンが驚いたのも無理のないことだった。それまでに知られている無限アルマダ由来物といえば、さまざまな大きさの箱形をした駆動用ブロックをかならず有していたからだ。「ならば、いったいどのようにして目標方向に進むことができるのか？」帆のアウトラインがくりかえしうつしだされ、見守る人々はそのたびに魅了されていった。うっとりするほど優雅な動きだ。

映像が変わった。真珠のネックレスのように整然とならんだスペース＝ジェット三十機が、宇宙空間を進んでいる。しかし、その映像は一瞬で消えた。

これでは納得できない！……と、ローダンは思った。

「まったく同感だね」空気が圧迫されて生じる〝ぽん〟という音が背後で起こり、甲高《かんだか》い声が聞こえてきた。ローダンが振り向くと、一本牙が光っている。ネズミ＝ビーバーは片手をあげて相手を制した。「文句いわないでよね！　あんたの思考が磁石みたいにぼくを引きよせるんだからさ。もと特別将校グック、参上！」

めったに笑顔を見せない副長のサンドラ・ブゲアクリスの顔に笑みが浮かぶ。それはイルトにとって、居合わせる乗員数名の非難めいた視線を相殺《そうさい》してくれた。

「ラスはまだきてないのかい？」

「きていない」と、ローダン。「かれはテレパスではない。妙な考えは忘れるんだ、グッキー」

イルトは一本牙を引っこめた。よちよちとサンドラに近よると、その膝に乗り、

「ちょっと思っただけさ」と、声をすこし落としていった。「ま、あんたがもうアルマダ炎に興味なくなったんなら、べつだけど。ぼかあテレパスだから、わかるんだ。あの帆を目にしたとき、アンはリウマチのことも、消えたアルマダ炎のことも、炎を持たない部下三名のことも忘れたんだぜ。面目を失いたくないから、限定しただけで」

「限定とは？」

「さっきのが白いカラス〝かもしれない〟ってさ。実際にはそう確信してるのに」

アルマディストは、おのれに向けられた視線をかわした。漏斗《ろうと》状の口から洩れた音は、アルマダ共通語がプログラミングされたトランスレーターにも通訳できなかった。

ローダンは、啓示を期待するかのようにスクリーンをじっと見ている。だが、心の内では、搭載艇が帆を発見できない場合はミュータントを動員しようとすでに決めていた。アンによると、白いカラスに行けば〝ほんものの〟アルマダ炎が手に入るかもしれないという。そのために要求される代価は法外なものらしいが。

それでもローダンにとっては、いかなる代価も高すぎることはない。というのも、無数のアルマダ艦のあいだにおける行動の自由を獲得する以上のものが、そこにはあるだろうからだ。

ローダンは自分をいましめる言葉をつぶやき、憶測するのをやめた。

「搭載艇の帰還または交信を待とう、グッキー。先の計画は、それからだ」

「仰せのとおりに」イルトはにんまりした。「だけど、そのあいだにラスに一度きてもらったって、害はないだろ……」

かれは、ひとさし指を威《い》嚇《かく》的に上に向けると同時にテレポーテーションした。サンドラ・ブゲアクリスは驚いて、虚無をつかんだ格好の自分の両手を見つめた。

＊

この宇宙船にいると、ジェルシゲール・アンにとって謎は深まる一方だった。

テラナーという名の、トリイクル9の言語道断な悪用には無関係だと頑固に否定する生物は、いったいなにを目標として生きているのか？

あらゆる状況に抵抗しているようだが、どこからその駆動力を得ているのか？　しかも、成功の見込みはほとんどないというのに。

アンの知る駆動力といえば、捜索活動につきる。それは、かれ自身の種族を動かしてきた動機であるとともに、無限アルマダに合流した全種族およびその何代にもわたる祖先にとっての動機でもあった。

だが、それは終わった。アンは、すでにそのことによろこびを感じなくなっていた。

中央後部領域・側部三四セクターのアルマダ第一七六部隊が発見したさい、トリイクル9は恐るべき状態だったのだ！

それ以降にあった出来ごとについては、心中で消化しようとつとめても、うまくいかなかった。ときどき、無限アルマダのことを考えたくない心境になる。オルドバンの沈黙や、アルマダのかなりの部分が混乱状態におちいっていることについても。

過去に前例のないカタストロフィではないか！

アンの心をそれほどに苦しめたのは、最初にいだいた絶望ではない。無限アルマダがふたたび結集することも、アルマダ炎が消えたのには理由があるだろうことも、確信していた。そうでなければ、おのれが存在する理由すらなくなってしまう。

かれが考えているのは、次世代シグリド人のことだった。アルマダ印章船の位置がわからなければ、子供たちをそこへ運ぶことができない。まだ《ボクリル》が存在したとしても、手がかりすら見いだせなかっただろう。放棄した旗艦の主コンピュータ内には印章船の座標があったが、見知らぬ銀河にいて中央後部領域・側部三四セクターと異なるポジションにあっては、なんの役にもたつまい。

シグリド人の新生児がアルマダ炎を持たないとは！

できることならアルマダ印章船の座標をテラナーに教えたかった。トリイクル9の異常化に責任があるかもしれないと思ったこともあったが、かれらは誠実らしい。テラナーには探し求めるものもないのに、内なる駆動力を持つ。その強さに、アンはときどきぞっとさせられた。

かれらの人生の意味は、なんだろう？

ペリー・ローダンという存在は、自分を引きつけてはなさないほど強いカリスマ性を持つが、それはどこから発するのか？

アンは自己憐憫《れんびん》を感じた。おまえは自分がなにに挑んでいるか知らないのだ！

だが、ふたたびペリー・ローダンの即断能力を思いだし、当惑させられる。

そのとき、出動中の小型艇から通信が入った。ほかの搭載艇はすでに帰還したが、成果はなかった。テラ時間でかれこれ三時間が経過している。

こうなったらローダンは、ちいさな毛皮生物と、ほとんどの同胞よりも肌の黒い一テラナーに命令を出すだろう……自力で白いカラスを捜索せよと！

白いカラスを捕らえるのは不可能だということを、かれらは知らないのか？　そのような試みは無意味なばかりか、命にかかわることを予測できないのか？

発話漏斗のなかで警告をつぶやいたとき、謎めいた組織に関するおのれの知識の土台はすべて噂にすぎないことに思いいたる。

それに、どのみちもう手遅れだった。搭載艇部隊がのこらず帰還すると、ローダンはあらゆる手をつくすと決意したようだったから。だが、虚無から出現したり虚無に消えたりする能力を持つとはいえ、あの二名にいったいなにができるというのか？

ちょうどその瞬間、二名はアンが考えたとおりのことをおこなっていた。

2

グッキーとラス・ツバイがセラン防護服を身につけていると、ハッチが開いてオク・ミュッペルハイマーの痩せぎすのからだが通廊の照明に照らしだされた。

グッキーは異種族心理学者の姿がまったく目に入らないふりをしたが、ラス・ツバイが振り向いて、

「やあ、なんだい？」と、応じた。グッキーはラスの頸に跳びかかりたい気がした。オクは真剣な表情で、特殊セラン防護服のマグネット・ロックを懸命に操作しているようすのグッキーの真うしろに歩みよった。

それからイルトの肩を軽くたたき、

「もっとも高潔な者だって、敗北を認めるのが困難なこともありますよ」と、いうと、しゃちこばった笑みをツバイに向けた。「宇宙チェスのトーナメントなんかを思えば、それはハミラーですらいえます」

「かれはなんの話をしてるんだ、グッキー？」と、ツバイが訊いた。

「ぼかあ、弱気になってるときにかれと知り合ったんだよね」グッキーは口を尖らせた。「ある種の人々の役にたてなくて、鬱憤がたまってたわけさ」

オクの笑みがさらにゆがむ。

「こういうことなんです。わたしの知るところによると、過去数週間における出来ごとが《バジス》とその乗員にネガティヴな心理的影響をあたえた。その好例がグッキーです。自己分析によると、わたし自身は神経症も精神病もパラノイア初期症状もありません。つまりですね、われらが毛皮の友は精神的ダメージを受けているということ。そこでひとつお願いです。かれに分析装置を持参させてほしいのですが」

グッキーは、強力なばねにはじかれたように立ちあがった。

「かれ、なんていったんだい、ラス？」

「聞いたとおりだ」

「問題外だね。自己分析をつづけりゃいいさ、海戦ゲーム狂。ラス、用意できたよ」

グッキーがセラン防護服の襟もとを閉じると、ツバイはヘルメット・ヴァイザーを軽くたたいてうなずき、

「白いカラスを発見したら、毛皮の友がきみの面倒をみるさ」と、オクをなだめた。ミュータント二名が非実体化すると、オクはたったひとり……自分ではそう思いこんでいた……室内にとりのこされた。

だが、かれはもはや気にしなかった。

マイクロ分析装置は、すでにグッキーの頸筋の毛皮にしっかりと貼りついていたから。きわめて微小なので、たとえ毛皮が引っ張られたとしても、見つかることはあるまい。

オクは、つねにこちらを監視しているハミラー・チューブの反応を待ったが、なにもない。ポジトロニクスの沈黙は、かれに安心感をあたえた。

おのれと世界に満足して通廊に出ると、上背のある男に出くわした。頭髪を短く刈り、腹がわずかに突きでている。

「悪童オリーを見なかったか、友よ？」見知らぬ男はたずねた。「われらが船長の出来そこない息子のことだ」

〝出来そこないだって！〟壁につくりつけのロッカーのわずかに開いたドアの隙間から、これを聞いていた者がいた。〝ああ、シェリー・W・オガートか！〟

「見てないけど、どうして？」オクは問いかえした。

「わたしは……家庭教師でね。《バジス》の心配の種である悪童オリーにまっとうなインターコスモを教えて良書をあたえようと思ったんだが……とにかく、このあたりで見失った。まったくとんでもない子供だ。もっとも大人だって、白いカラスがあらわれてからというもの、おかしくなってしまったが」

そういって背の高い男が脇通廊に消えるのを、オクはじっと見つめた。

教師？

「そんなもの、いるわけがない！」と、思わず口にする。「かれも、やはり白いカラスのことを口にしていた……」

オクはそこでからだをびくりと震わせた。

「待ってくれ！」大声で呼びかけると同時に走りだす。「待ってくれ！　話したいことがある！」

シェリー・W・オガートは船内情報管理者兼公文書エディターだ。その任務は、出動コマンドの報告書が文章として完璧であるかどうかをチェックすること。だから、すばやく追っ手から逃れることは苦手である。

こうして、オガートはオクの第二の犠牲者となった。

第一の犠牲者が変化のはじまりに気づいたときは、もはやだれにも助けてもらえない場所にいた。

＊

ね、わかったでしょ、ハミラー。オクがキャビンをはなれる直前にぼくが分析装置にいたずらしなかったら、グッキーにとってぜんぜん害はなかったはずなんだ。

ぼく、オクがグッキーをだまそうとしたこと、知ってた。だって、オクは思ったことを声に出していうから。それはハミラーも知ってるよね。

ハミラー、ぼくね、グッキーに対してほんとに頭にきてたの。だから、ちいさな球形装置を手にとって、目に見えるコンタクト・スイッチにかたっぱしから触れたんだ。あれで分析装置は完全にプログラミング変更されたはず。メンタル振動を感受しなくなったばかりか、めちゃくちゃにして逆放射するようになったにちがいないよ。

とにかく、ぼくはそう考えてる。

ハミラー、ぼく、これからグッキーのためにお祈りするよ。どこかでだれかがぼくの声を聞いてくれたら、ぼく、一ヵ月間ひと言もしゃべらないって約束する。

ええと、そうだな、すくなくとも一週間！

    *

《バジス》近傍のアルマダ部隊に到達すると、二名は別れた。そこまでの三百万キロメートルは、数回のテレポーテーションで移動できた。その先のプロセスについては、かなり不快な記憶を通して、二名ともすでに知っていた。

「ぼくのほうが先に帆を発見するって、賭けるかい？」グッキーがあてこすった。二名が再実体化したのは、多数あるアルマダ牽引機のひとつの表面だった。カタツムリの殻に似たかたちの、さまざまな大きさのアルマダ艦が周囲をゆっくりと移動している。

「ありそうにないことが起きて、あんたのほうに運が味方した場合には、思考を送ってよね。もうできるようになっただろ……」

ラス・ツバイは目を細めた。無数の宇宙船のあいだで奇妙な発光現象が起こり、目がくらんだのだ。とっさの衝動にしたがい、グーン・ブロックのなめらかな表面にからだを伏せた。一方のグッキーは、光に挑むように両足を開いた格好で立っている。

それは間違いではなかった。グッキーはセラン防護服の靴底についているマグネットのおかげで、アルマダ牽引機の表面から足がはなれずにすんだから。ツバイのほうは、つかまることのできる出っ張りがないため、すでに宇宙空間を漂いはじめていた。

光の現象は攻撃の合図ではなく、むしろ宇宙船どうしのコミュニケーションのようなものらしい。どのような乗員が乗っているのかは謎でしかなかったけれども。

「グッキー！」ツバイはヘルメット・マイクロフォンに向かって呼びかけた。「だいじょうぶか？」

かえってきたのは、身の毛がよだつうなり声と咽喉《いんこう》音だけだった。ネズミ＝ビーバーがグーン・ブロックの表面からゆっくりと遠ざかる。そのからだは、セラン防護服のなかで折れ曲がり、痙攣《けいれん》している。

ツバイの受信装置から、戦慄をもよおさせる叫び声が響いた。グッキーはグーン・ブロックの末端部に接近し、宙をつかもうとしているように見える。

全惑星にかけて！　ツバイの頭を思考がよぎる。かれはどこかおかしい！

「そんなことないって！　なんで宇宙空間でうろちょろしてるんだい、ラス？　ぼくら、帆を探しにきたんだろ。方向がわかったんだから、行くぞ！」

イルトはそういうと、すぐに消えた。

それまで一度も聞いたことのない音声が意識内に響いて、ツバイはぞっとした。グッキーのいつもの冗談なのか？

わたしには任務がある、と、ツバイは自分にいいきかせた。グッキーはすぐふつうにもどり、これまでと同様、今回もぶじに帰還するだろう。

かれは、もっとも近くにあるグーン・ブロックの位置を測定し、テレポーテーションした。最初のときはグッキーのおしゃべりにさえぎられてできなかったことだ。純金属のアンテナが突きでているのが見えたので、跳びついてしっかりと握った。

無限アルマダにはじめて侵入したときにかれを捕らえたパラプシオン性の壁はない。だが、ふいに発光フィールドのひとつにはまっている感覚をおぼえ、虚空からかすかなささやき声が聞こえる気がした。

だが、その現象は、生じるとともにすぐにまた消えた。多数の光はコミュニケーション・フィールドのようなものではないか、という推測はどうやら正しかったらしい。かれは、前にも感じたことのある畏怖の念に襲われた。無限アルマダは抽象物ではないのだ。そのとてつもない複雑さを把握することを、人間の理性が拒むとしても。そこには、共通目標を協定した無数の異種生物が生きている。かれらの大部分は、たがいに実際に出会ったとしても、相手を知的生命体と認識することもあるまい。

　それでも、ひとつの有機体として行動している。

　ツバイは次のジャンプの準備をはじめた。多数の宇宙船のあいだを自由に移動するグーン・ブロックを探し、発見する。

　だが、ためらった。

　なみはずれて大きなカタツムリ艦が一隻、頭上を移動していく。ツバイは息をとめた。宇宙船に発見されて引きちぎられるかもしれない。

　ツバイは上方をにらんだ。宇宙船の基底は完全に平滑で、直径二千メートルくらい。外殻は人間の目に見えるありとあらゆる色を有し、ほのかに光っている。

　宇宙船が遠ざかっていくのを見て、テレポーテーションですぐにここをはなれなかったのはおろかだと気がついた。だが、とてつもないものに魅了されて、からだが萎《な》えることもあるのだ。

　銀河系諸種族のことが頭に浮かんだ。

　無限アルマダとは大きな違いだ！

　かれは思考を振りはらい、テレポーテーションした。

目標に定めたグーン・ブロックで再実体化すると、またあらためて目標を探し、ジャンプをくりかえす。そのようにして、一アルマダ部隊を横断した。そのさい、M－82内の明るい一巨大恒星が方位確認に役だった。

次のアルマダ部隊でも、同じようにグーン・ブロックを移動していく。

推測によると全行程の半分を踏破し、十万隻ほどの円盤艦を通過したところで、それが起きた。

一辺が五百メートル以上あるさいころ形のアルマダ牽引機の表面に再実体化し、つかまるものがすぐそばにないかと探しながら身を伏せたときのこと。

パラライザーの発射口が向けられることも、なんらかの外部の力が物理的・心理的存在のなかにむりやり押しこめようとすることもなかったが、そのかわりに牽引機の表面にいきなり開口部ができて、そこから一物体があらわれたのだ。それを見たツバイは、われ知らず昔のアルコン製戦闘ロボットを思いだした。

テレポーテーションしようとした瞬間、武器アーム四本のうちの一本が上方に突きだされるのが目に入った。

焼けるような痛みが体内をはしる。四方八方から強烈な力に襲われ、引き裂かれる感覚をおぼえたが、非実体化はしなかった。

そのとき、武器アームの砲口から光がはなたれた。

ジャンプを何度くりかえしたか、グッキーにはわからなくなっていた。通過した距離もはや推測の域を出ない。カタツムリ艦隊を過ぎたのち、だれにも気づかれることなくアルマダ部隊をさらに四つ横断した。

ネズミ＝ビーバーは、ニンジン酒を五、六杯飲んだあとのようにすこぶる気分がよかった。長い休憩を入れなくても、この銀河の果てまでテレポーテーションできる気がする。セト＝アポフィスの居所にまっしぐらにジャンプすることだってできそうだ。

そう思うと、口から笑いが洩れた。なにをやってもうまくいきそうな気がする、そんな日だった。

ただ、白いカラスだけはまだどこにも見えない。

アルマダ作業工一体がかなり近くまで浮遊してきたので、テレキネシスで宙がえりを数回させて遠ざけると、次の中継ポイントを探す。四時間後にはアルマダ部隊を三つこえ、ラス・ツバイも方位確認に使った恒星のそばを通りすぎた。ひとりぼっちとはすこしも感じない。それどころか、調査中の宇宙全体が自分を待っていたように思われた。

ただし、この黄色恒星が《バジス》から五・二光年はなれていると確認できたことを考えると、いい気はしない。やってきた道のりを引きかえすのはなんの苦もないけど、帆はどうなったんだ？

　おそらく、ぼくがとっくに帆を追いこしたか、あっちが進行方向を変えたかだろう。だって、ぼくらのためにずっとまっすぐに進んでくれるとは思えないし。

　グッキーは、それ以上考えないことにした。成果をあげずにもどったら、ラスやペリーやサンドラに合わせる顔がないではないか。

　グーン・ブロックからグーン・ブロックへとテレポーテーションしていき、宇宙船の奇妙なかたちから〝空飛ぶパラソル〟と名づけた部隊を縦横に、ジグザグコースで進んだ。防護服にそなわる探知装置をたびたび使い、ハミラー・チューブの記憶バンクから携帯用小型メモリへと転送したデータや、その前に帆が《バジス》付近を通過したさいにキャッチしたリフレックスを、周囲から受けとるものと比較した。

　グッキーが二十×二十×十メートルの箱形マシンの上に立ったとき、それは起こった。最初は頸筋の違和感を、次に脳に無数の針が突き刺さったような感覚をおぼえた。一瞬にして高揚感は消滅する。だが、そのときのイルトはまだ、ほとんど正常といえる状態だったかもしれない。

　かれは瞬間的に悟った。《バジス》からこれほど遠くまでくるなんて、ぜったいにしてはいけないことだった。ここで帆を探すなんて、干し草の山のなかで一本の針を探すのと同じくらい絶望的だ、と。恍惚《こうこつ》感のままに行動してしまったらしい。

恍惚感？

ネズミ＝ビーバーはぼんやりと思いだした……十七の地獄すべてを通る旅に似た体験を、無意識のうちにしたことを。

ところが、覚醒した状態もそこまでだった。ふたつのことが同時に起きた。

グッキーは完全におのれを失った。理性は暗闇にふさがれ、からだが小刻みに震えるとともに、くの字に折れ曲がる。

そこへパラソル艦一隻が降下してきた。かれは気づかない。湾曲した傘形の下部にある、長さ五百メートル、太さ十メートルのパイプの先端に開口部が形成され、そこから青色光が発せられて、震えているネズミ＝ビーバーをつつんだ。

防護服の靴底についたマグネットの引力がきかなくなるほど強い力に捕らえられ、グッキーのからだはいきなり上昇すると、まっしぐらにパイプのなかに入っていった。

開口部がふたたび閉じ、パラソル艦は発進した。

＊

ゾック三光は、エンジン・ブロックから救出したアルマディストが連行されるのを、じりじりする思いで待っていた。それはまったくの無私の心からではない。ゾック三光は絶望的状況にあったのだ。かれの種族は、多くの美徳のなかでも秩序を無条件に愛するという点で抜きんでているのだが、それゆえに。

配下にある艦二万八千隻のどのキャビンにおいても、すべてのものが寸分たがわず決められた位置にあるばかりか、部下数百万名の脳内の思考も、すべて思考器官内の正しいセクターにおさまっている。抑制されない感情の混乱が入りこむ隙はまったくない。

種族がつがいとなる場合も、ゾック単光はゾック無光のみと、ゾック二光はゾック単光のみとペアを組む、といったぐあいだ。ゾック単光の繊毛触手はつねに下方に、ゾック二光のそれは上方に向けられている。ゾック三光は一名しかおらず、つまり〝秩序守護者〟である。その繊毛触手は本体からまっすぐに突出している。

このように列挙していけば、きりがない。それでも確実にいえるのは、ゾック艦内が何百もの条項によって定められており、規制されたプロセスにすべてがしたがうということだ。遺憾なことに、未知のアルマディストをゾック三光の前に通す準備についても、それはまぬかれない。さらに厄介なのは、未知者が把握肢を二本しか持たない種に属する場合だ。そのような不利な条件を自然から授かった生物から、必要となる触手二十七本の指紋をどうやってとればいいのか……それは、偉大なる秩序守護者の頭を悩ませつづけてきた問題のひとつだった。

ゾック三光は平静をたもちつつ、じりじりと待った。アルマダ第一一一部隊はかれの誇りだ。

ところがいま、部隊は無限アルマダの所定ポジションにいない！　あらためてそう考えると、からだの内部であらゆるものを引き裂く叫びが生じたような気がした。トリイクル9を通過したのち、かれは部隊が完全に誤ったポジションにいることに気がついた。無限アルマダの秩序が乱されたのだ！

秩序守護者代行であるゾック二・五光の意見によると、アルマダ中枢の沈黙の原因はひとえにこの恐るべき秩序の乱れにあるという。

ゾック三光は、皮膚にある五つの開口部からため息をつきながら触手を伸ばし、完全な正二十七角形を形成した。

そのとき、ついにハッチが開き、異生物が入ってきた。

「秩序礼賛！」と、声を出したとき、恥ずべきことに気がついて、あやうくむせそうになった。

この異生物はアルマダ炎を持たない！

アルマダ炎がいきなり消えてしまったという話は、アルマダ第一一一部隊内においても噂されている。ゾック三光自身についていえば、むらさき色に輝く炎が主王座の上方、二・七七七一二一基本ユニットのマイナス二乗の位置ぴったりにない状態で生きるくらいなら、保護フィルムなしで宇宙空間に出るほうがましに思われた。

むしょうに腹がたったが、自制した。

いま問題となるのは、相手の秩序道徳を評価することではない。この恥知らずがほかのアルマダ部隊の所在に関する情報を持っているかどうかにつきる。それにより、ついに探知可能となるからだ。

「秩序万歳！」ゾック三光は挨拶をくりかえした。「きみは……」

未知生物が歩みよってきたが、その目つきには、さらに話しかけるのを妨げるものがあった。もちろん、炎を持たない者は宇宙服を着たままでさしつかえない。カオスを引き起こす病原菌の感染を避けるためでもある。だが、ヘルメットの透明なシールドからのぞくふたつの目は、いまやいっそうぎらぎら光り、その下部に一本の棘《とげ》がむきだされている。アルマダの他種族がそれを〝歯〟と呼んでいることを、かれは思いだした。

宇宙服の外側スピーカーから一連の吠え声が響くと、秩序守護者の持つ二十七肢すべてから粘液が分泌された。

未知生物はついに立ちどまり、電気ショックを受けたようにからだを折り曲げた。それからふたたび吠え声を発するとともに、ものをくすねるように指を曲げた。

ゾック三光は恐怖のあまり、からだをこわばらせて後退した。そのとき、自分の背後に身をかくしながら滑り入ってきたゾック二・五光の姿が目に入った。触手を救いようのないほどに絡み合わせている。

ふたたび吠え声が司令室内を貫いた。

それはアルマダ共通語でもなければ、希少なアルマダ種族の独自言語でもない。ゾック三光は、何者を乗艦させてしまったのかを知った。それとともに、艦内はカオスにおちいった。

異生物は両のこぶしで胸を何度もたたいてジャンプすると、暴《あば》れはじめた。壁や天井に固定されていた物体がいきなり脱落し、バスタブ形制御盤から計器類が飛びだしてくる。どこかで爆発が起こり、突然に燃えあがった炎から黒い煙がたちのぼり、司令室内を満たした。しかも、事態は悪化の一途《いっと》をたどっている！

ゾック三光は、失神しそうになるのを必死でこらえた。さらに大きなカオスを防ぐことができるのは自分しかいないという思いがなければ、直立状態をたもつことはできなかっただろう。

かれは触手を解き、その一本を艦内放送のスイッチに伸ばした。さらに一本をブラスターのおさまったちいさなシャーレに向かわせる。

「警報！」つづけざまに起きる爆発音のなか、声を張りあげた。「この未知の野獣は二万隻船団の一員だ！　狩りたてよ！　秩序を救うのだ！」

とはいえ、救えるものは司令室内にはもはやのこっていない。きなくさい黒煙がそこかしこでもうもうとあがり、異生物の姿がそのなかに見えたような気がするたびに、ゾック三光は発砲した。しばらくして煙がすでにおさまっても発砲をつづけ、怪物の死体を探しまわった。だが、壁や天井や床に発見したのは、自身の発砲により生じた穴だけだった。

　焼けた鉄であるかのようにブラスターを手ばなすと、それは床に落下した。

　秩序守護者は全身を震わせながら、艦内くまなく異生物を探せと命令を出す。このさい、現行規則はいっさい関係ない。

「気づいたことがあるのだが、三光？」と、バスタブを掩体《えんたい》にとっていたゾック二・五光が話しかけてくる。

「なんだ？」

「あの異生物、アルマダ中枢のもとを訪れたにちがいない。それが重大な結果を招いたのだ。神聖なる秩序の六乗にかけて……わたしの予備眼の前でふと消えてしまった。まるで、空気中で分解したみたいに！」

3

ラス・ツバイはもう一度試みたが、やはり悲惨な結果に終わった。なんらかの力により、テレポーターとしての能力が麻痺している。からだは自由に動くのだが。

　そのとき、武器アームが向けられていることに気がついた。アフロテラナーは発射の瞬間を計算し、身を伏せる。ところが、マグネット・アンカーがきかず、宇宙空間を漂流しはじめた。かれはホルダーからコンビ銃を抜き、ブラスターにセットした。

　超高温のまぶしいエネルギー・ビームがすぐそばを通過し、宇宙空間の奥に消えた。そのようなチャンスをロボットにもう一度あたえるわけにはいかない。

　すさまじい爆発が起こり、ロボットは粉々になった。重力ショック波により、ツバイのからだは弾丸のようにはじき飛ばされ、アルマダ牽引機から遠ざかっていく。ふたたびテレポーテーションを試みたが、やはりうまくいかない。

　そこにまたべつのロボットが数十体、グーン・ブロックから飛びだしてきた。ツバイは、なぜテレポーテーションが使えないのかわからず、絶望に近い気持ちになった。

唯一の望みは、宇宙船またはグーン・ブロックにより生成された上位次元フィールドに達することだ。そこなら空間的に隔てられている。

ここを脱しなければ！

ロボットの武器発射口が早くも火を噴く。セラン防護服の重力装置をすばやくオンにすると、ツバイのからだはアルマダ牽引機からさらに遠くへと押し流され、体軸を中心に回転しはじめた。巨大な円盤艦と衝突するおのれの姿が脳裏に浮かぶ。だが、やっと制御に成功。指をコンタクト・スイッチに這わせてベクトリングし、流れをおさえた。

しかし、ロボットが追ってくる！

飛行能力を持つロボットが群れをなして接近しつつあった。ツバイは、相対的に静止しているらしい宇宙船二隻のあいだを通りぬけたが、未知アルマディストによる敵対行為はいっさい受けなかった。かれらはロボットを信頼しているため、ツバイになんらかのチャンスがあるとは考えていないらしい。

だが、なぜこちらを攻撃する？　ミュータントはふいに自問した。アルマダ中枢があらたな命令を出したのか？　われわれは滅ぼされてしまうのだろうか？

それとも、だれかが絶望に駆られて戦闘ロボットを出動させたのか？

いや、そのことを考えるのは身の危険が去ってからだ。ロボットはツバイに追いつき、最初のビーム攻撃がすぐそばをかすめ過ぎた。またたく間に個体バリアが燃えあがり、かれはぎょっとして負荷インジケーターに目をやった。

一か八かの賭けに出ることにする。まず、ひらべったい編成で飛行する円盤艦隊の中心線を想定し、それをめがけて全力で上昇。そこから、星雲がくっつき合ったような観のある、べつのアルマダ部隊をめざして精神を集中させる。

今回は運が味方をしたらしく、見たことのないアルマダ部隊付近に再実体化。うまくいったものの、こんどは減速するのがひと苦労だった。反動推進力がまだ強く働いていたからだ。せわしく呼吸しながら浮遊にもどったとき、所属部隊の外側をゆっくり移動中のロケット形宇宙船三隻のあいだにいることがわかった。

体力を消耗したので、すぐに次のテレポーテーションはできない。この部隊にいるのが平和を好むアルマディストであればいいのだが。

その願いはかなったらしく、なにも起こらなかった。宇宙船はかれの上下を移動し、やがて遠ざかっていった。

体力がもどるのを待つうち、ややはなれた位置からアルマダ部隊を追跡する一グーン・ブロックが目にとまった。ツバイは最悪の展開となった場合にすぐ発射できるよう武器をかまえ、テレポーテーションした。

それは、一辺の長さが二十メートルに満たない箱形マシンだった。経験からいって、こうした小型グーン・ブロックは無害だが、それでも湾曲した出っ張りの横に身を伏せたまま、一分近く待ってから起きあがった。

なにも起こらない。

膝を曲げてしゃがみ、あらゆる方向に目を向けた。帆が去った方向に頭のなかで線を引き、自分の位置をそれと比較すると、かなり大きくそれてしまったことがわかった。

これでは無意味だ！

《バジス》のポジションから四光年ほどもはなれてしまったらしい。ロボットによる理由なき攻撃を恐れたために、ここまでくることになったのだ。

あと一航程進んでみて、それでも帆のシュプールがつかめなければ、帰路につこう。そうしても成果があるとは、もはや考えられないが、ペリーが自分とグッキーに期待のすべてをかけているからには、せめてもう一度試みないわけにはいくまい。

帆が去ったと思われる方向にあるアルマダ部隊に向かい、三回テレポーテーション。最後のジャンプでアルマダ部隊のすぐそばに達したとき、あるものを数百メートル先に目にして、当初の予定を急遽《きゅうきょ》、変更することにした。

宇宙船四隻のみで構成されたアルマダ部隊があるとは、考えられないが……

四つの点は、視覚的にしだいにはなれていく。そのとき、近辺に位置する恒星の光に照らしだされて、実際に四隻の宇宙船であることが確認できた。

全惑星にかけて！〝われわれの〟宇宙船ではないか！

ツバイはハイパーカムで交信せず、すぐさまテレポーテーション。コグ船三隻およびカラック船一隻の内部を見てまわり、たとえ呼びかけても応答できる者は一名もいないことを確認した。

格納庫およびハッチはすべて開放されたままで、乗員はだれもいなかったのだ。

*

グッキーは意欲にあふれ、とても高揚した気分だった。話し相手がいなかったため、ひとり言をいいはじめる。

かれは、夢遊病者さながらになんの迷いもなくテレポーテーションを重ねた。広大なM-82の内部へとしだいに深く入っていくのは、実際に夢のように感じられた。

ところが、その夢には隙間があった。

イルトはそのことに気づいていたが、非常に気分がよかったので、長く考えていられなかった。

なんといっても、帆を見つけたのだから！

かれは探知結果を待ったり目測したりするのをやめ、超能力で目標を定めるようになっていた。もちろん無限アルマダから押しよせるメンタル・インパルスがずっとじゃまになっていたし、白いカラスのインパルスがどのようなものかも、まるで見当はつかなかったが。

だけど、アルマダ炎の管理者なんて単純な思考の持ち主にきまってるさ、と、グッキーは思った。白いカラスがほんとうにいるとしたら、ロボットではあるまい。

あと数時間もしたら、アルマダ部隊の司令官や宙航士がおおぜい首をひねることになるだろう。自分たちの宙域にあるグーン・ブロックの上に矢のようにあらわれてまたすぐに消えてしまったものは、いったいなんだったのか、と。

もしかしたらそれは、すこし前にアルマダ第二二二部隊で暴れまくったという例の怪物かもしれない。同部隊の司令官が、神経虚脱におちいる直前に報告してきたのだ。

そのころ〝怪物〟はすでにかなりの距離を進んでいた。あらたに記憶の穴が生じたことを不思議に思いながら。

最後の〝明晰な〟状態にあったときには、帆を追っていたはずのコースから大きくそれてしまったことに気がついて、うろたえたのだった。

その記憶は、いまやふたたび最強のカラス・ハンターを自負しているとはいえ、まだ意識内にのこっている。あの帆はペリーが考えているより精巧にできているんじゃないか、と、ふと思った。

もし帆が知性を持つとすれば、追跡されていることに気づいたはず。その考えにとらわれたとき、イルトは独白した。すぐ《バジス》近辺までもどらなくちゃ。そこならもっとも安全だと帆は感じるだろうから。

ちょうどそのとき、帆が目に入った。

「思ったより精巧じゃんか！」と、誇らしげにいう。「けど、ぼくのほうが賢いね！」

イルトが立っているアルマダ牽引機は宇宙船三隻からなる部隊に属しており、異なるタイプの三隻がせわしなく活動していた。そのようすはソプカラリデとゼンセ人との体験をグッキーに思い起こさせたが、ここにいるのは明らかに仲たがいした三種族のようだ。

グッキーにとってはどうでもいい。三隻の部隊は、ちいさな赤色恒星と二惑星からなる一星系のそばを通過していく。外惑星は木星とほぼ同じ大きさで、大気を持つようだ。そこからメンタル・インパルスが流れてきて、グッキーは戦慄した。

このシグナルは、救いをもとめる叫びとしか思えないではないか？

なにかが作用してグッキーの高揚感は一瞬にして消えた。通常の状態にもどることも、つづいて意識の抑圧が起こることもない。

イルトは、メタンとアンモニアからなる大気圏のすぐ手前に思いきってテレポーテーションした。すると、外惑星の大気圏内で帆が強風にあおられ、しおれた花のようにはためいているのが見えた。

そのとき、奇妙なことが起こった。

帆は、いまや手でつかめそうなほど近い位置にあるのに、グッキーにはさらに接近する決心ができなかったのだ。

帆のシュプールをとらえたらすぐ《バジス》にもどれという、明白な指示を受けていたから。

奇蹟が起きた。

グッキーは、いったん帰船してから援軍を連れてくることに決めた。帆に対する同情をおぼえる。内部に何者かが棲息していて、非常事態におちいったらしい。それでもネズミ＝ビーバーは、自分の手には負えないと感じた。

「心配すんなって。またもどってくるからさ！」と、いったものの、自分でも確信が持てなかった。

帆は定位置にじっとしているようだ。

グッキーは精神集中して現ポジションまでの道のりを反芻《はんすう》すると、非実体化した。

このとき《バジス》内では、NGZ四二六年六月八日午前一時五十五分をしめしていた。この日時は、ある事情から後世に伝わることはなかった。

一方、アルマダ第一一一一部隊の歴史においては〝第二の襲来〟として記された。

4

最初に帰還したのはラス・ツバイだった。

《バジス》の司令室に入ると、ウェイロン・ジャヴィアがオク・ミュッペルハイマーという人物についてハミラー・チューブに照会しているところだった。すばやく見まわしたツバイは、サンドラ・ブゲアクリスがいないことに気がついた。その理由はすぐにわかった。

「ブリキ箱！」ジャヴィアは不機嫌な口調でいった。「サンドラがオク・ミュッツェンハウザーとともにキャビンに入るところを見た者がいるんだが、それ以来、彼女はもどっていない」

「ミュッペルハイマーです」ポジトロニクスは訂正した。「サー、思いだしていただきたいのですが、オットカール＝ゴットリーベ・ミュッペルハイマーといえば、もっとも優秀な異種族心理学者のひとりです。かれがそもそも《バジス》に乗船していることだけで、疑念は一掃されるはずですが。なんなら、いま在船する全乗員について、その特殊選考方法をくわしく説明しましょうか？　もちろん、あなたをのぞいて」

「わたしをのぞいて」ジャヴィアはくぐもった声でくりかえす。

「もちろん、ミュッペルハイマーにある種の奇妙な嗜好があることは……」

ツバイが耳にしたのはそこまでだった。ペリー・ローダンがかれの姿に気づいて合図してきたからだ。

「どういうことですか、ペリー？」テレポーターは肩ごしに目をやる。

ローダンは片手を振り、

「乗員数名が行方不明になったらしい。なにか発見したか、ラス？」

ツバイは答えをためらった。

「グッキーはまだもどっていませんか？」

「まだだ」

ツバイは深く息を吸いこむと、腰をおろして腕を肘かけに置いた。それから、ゆっくりと頭を振り、

「帆の行方はつかめませんでした、ペリー。でも、テラの宇宙船四隻を発見しました。乗員はひとりものこっていませんでしたが」

ローダンは両目を細めたが、それ以外の反応は見せなかった。背後では動揺の声が起こる。ジャヴィアはミュッペルハイマーに対する興味を一時的に失ったようだ。

「乗員がひとりもいなかったとは？」ローダンは、かろうじて聞こえるほど小声でたずねた。

「船内はからっぽで、ハッチはすべて開放されていました。四隻とも内部を確認してあります。《パーサー》、《オサン》、《ロッポ》のコグ船三隻と、カラック船《フロスト》です。乗船していたはずの男女の所在をさがしたのですが、どこにもいないと思われます。つまりですね、全搭載艇が格納庫におさまっていたので」

「では、自由意志で下船したのではあるまい」ローダンはショックを受けたようすだ。

「もうひとつ気になることが」ツバイは報告をつづけた。「テラ船からややはなれた宇宙空間にアルマダ艦の大群がいました。《フロスト》の観測室から発見したんですが、わたしが思うに、通常の部隊ではありません。このアルマダ艦隊、ある巨大構造物の周囲を移動しているようですが、残念ながらその正体はつかめませんでした。宇宙船がなにかの周囲で活動しているようすは、明かりに群がる蛾といったところでしたね」

「ということは、何者かがわれわれの宇宙船から乗員を連れだしたとすると、蛾の群れのなかにいるわけか」ジャヴィアは考えをそのまま口にする。

「クラスト・マグノだ！」背後でだれかがつぶやいた。

巨大構造物は石化したオルドバンの器官とはなんの関係もないと、ツバイ自身は確信している。それでも、ほかのクラストについて考えると背筋がぞっとした。いままでにわかったものだけで、さらに三つ名前がある。

クラスト・ヴェンドル、クラスト・アルサ、クラスト・シークス……

あの構造物は、そのなかのひとつなのか？

「ああ、いまいましい！」ジャヴィアの声がした。ツバイは《バジス》船長に目をやり、その視線をハミラー・チューブの操作盤がある銀色の壁面にうつした。オク・ミュッペルハイマーに対するジャヴィアの怒りは、サンドラが行方不明のためばかりではあるまい。二十九歳の女副長は、態度こそ厳格とはいえ、その女性的魅力は人目につくものがある。また、ジャヴィアを見る彼女の視線にも、見すごせないものがあった。

ミュッペルハイマーは女たらしで、ウェイロンは嫉妬しているのか？

だが、痩せぎすのミュッペルハイマーがサンドラを口説き落とすことを考えるだけでばからしい気がした。

ローダンが立ちあがり、背中で両手を組み合わせた。外側監視スクリーンをじっと見ている。やがて、顔の筋ひとつ動かさずに告げた。

「乗員たちの行方をつきとめなければならないことは、諸君も承知のとおりだ。かれらのために、あらゆる手をつくしてほしい。ラス、無人宇宙船と例の構造物のポジションを、もう一度探しだせるか？」

「もちろんです」ツバイはうなずく。

「では、グッキーがもどりしだい出発しよう」

＊

イルトがあらわれたのは、真夜中だった。

軽巡洋艦のある格納庫内に再実体化すると、長いあいだにたまった鬱憤が晴れるまで暴れまくった。なにが作用したのかは不明だが、《バジス》を出発して以来ずっとさらされつづけた恐るべき力が、つかのま中性化されたらしい。どうやら、それとの距離がある程度ちぢまったときだけ〝変身〟からまぬかれるようだ。

だが、そのぶんを埋め合わせようとする衝動はとてつもないものだった。

幸か不幸か、その格納庫では、ハミラー・チューブが観察できるようにするためのシステム全体が二日前に故障し、まだ修理されていなかった。

グッキーの目は眼窩《がんか》から落ちそうなほどに突きだし、一本牙が上下にぴくぴくと動くところは太古のスパイス・ミルを思わせた。からだは折れ曲がって硬直し、膨張しはじめた。だが、テレキネシスが複数の搭載艦と格納庫管理装置に引き起こした損傷のせいで警報が鳴りだすと、かれのからだはだらりと垂れた。

一瞬、かすかだが明晰な思考が訪れたので、最後の力を振りしぼり、一貯蔵室にテレポーテーションした。

背の高いコンテナ二個のあいだに横たわり、苦しげに呼吸する。

長らく感じたことがないくらいみじめな気分だった。ふたつの力に精神を揺さぶられている感じがする。そのひとつは〝暴れろ！　破壊するんだ！〟と、告げていた。もうひとつの力は、いますぐ船医のところに行くべきだ、と、かれを苦しめた。ふたつの力に引き裂かれてしまいそうだった。うめきながらからだをまわし、助けをもとめる叫びをテレパシーで送る……

次の瞬間、かれは立っていた。からだがふらふらしたけれども、二本脚で立っていた。いったいどうやってここへ？

もしかすると、一度オクに分析してもらうべきなのかもしれない。いずれにせよ、記憶の穴の数は、すでに見当もつかないくらいだった。さらに、自分はどうかしたんじゃないか、という気持ち……

ところが、やがてそれも消え去った。グッキーは、長時間の眠りからさめたあとのように四肢を伸ばし、ふくらんだ胸をなでると、司令室に向かって探りを入れた。

みんな、ぼくを待ってるな！　満足そうに思う。ラスは遭難船四隻を見つけたものの、帆についてはなんの手がかりも得られなかったと知り、さらに満足した。

ローダンはいらだっているばかりか、グッキーがなんの連絡もしてこなかったことでかなり腹をたてている。巡洋艦一隻をのこし、グッキーなしで出発する計画すら頭のなかにあった。

「おお、旧友にして発見者よ」と、宇宙服の外側スピーカーから音声が出る。グッキーはようやく宇宙服を脱ぐと、「行方不明者のことは、多数のセンサーを持つハミラーよりも先にぼくが見つけだす。でも、まずはみんなにアルマダ炎を付与するぜ！」

グッキーは貯蔵室では、観察装置の故障による影響をこうむらなかった。そのため、かれの司令室到着の華々しさは、ややそがれてしまった。

ローダンの視線はこれみよがしにイルトを素通りしてクロノメーターに向けられた。

「ここにくるのに三分かかったな。理由を説明できるか、グッキー？」

グッキーは、いましめるようにハミラーの操作盤を見やってから、胸を張って爪先立ちした。からだがややぐらついている。

「理由はだね、白いカラスを見つけたからさ！」これで、あらゆる非難は効力を失った。

「もと特別将校グックが報告します。惑星グックロン上空に白いカラスを発見し、確認しました！」

「グックロン？」

ラス・ツバイがいぶかしげに訊きかえすと、グッキーは同情をこめた視線を投げた。

「いいじゃんか、あんたは成果なしだったろ」

サンドラはどこだろう？　彼女になでてもらうと気持ちいいんだけどな。ウェイロンったら、なんで呆《ほう》けた顔でぼくを見てるんだい？　ちょっとからかってやろうか……

頸筋がむずむずする。その瞬間、ネズミ＝ビーバーは非実体化した。

＊

「かれがこんなに変だったことは、ずいぶん久々だな」ラス・ツバイは首をかしげた。グッキーの態度に対する《バジス》司令室内のコメントで、もっともおだやかなものだった。

司令室にやってきたフェルマー・ロイドは意見をさしひかえた。すこし前に耳にした、救いをもとめるすさまじい叫びを、どう受けとるべきか。グッキーが発した可能性もある。あれほど強いテレパシー能力を持つ者は、船内にはほかにいないと思われるから。

しかし一方では、あのインパルスはきわめて異質なものだった。

まさか、そんなことはあるまい。だが、それならばあの声はどこから？　謎の存在タウレクが出どころか？　それとも、外の宇宙空間で発せられたものが、どういうわけか《バジス》内でリレーのように増幅された？

だが、これは学術的な疑問でしかない。ペリー・ローダンをはじめとする司令室内の乗員の頭にあるのは、どの件からまずとりくむべきかという問題だった。

ローダンは遭難船乗員の行方を心底から気づかっていた。おそらく、かれらと同じ運命をたどった者はツバイの発見した四隻の乗員だけではなく、もっといるのだろう。

そのとき、ウェイロン・ジャヴィアは多数の乗員が考えていることを口にした。

「もちろんいますぐ進攻することもできますが、アルマダ炎を所有していればチャンスははるかに大きいでしょう。けれども、いまいましいことにグッキーがふたたび姿をあらわして報告しないかぎり、チャンスはありません！」こぶしでコンソールを打ち、「しかも、かならず得られるという保証もない。おい、ハミラー、サンドラの居場所はわかったのか？」

ポジトロニクスは船長の質問より、とどいたばかりのメッセージを優先させたらしい。

「第一二七デッキのレジャー施設で説明不能な破壊行為が発生しました！　多数の樹木が引き抜かれ、ベンチは風に吹き飛ばされ、人造湖に大波が起こり、軽傷者が数名出たもようです。目下、マイクロフォンがキャッチした物音を分析中。終わりしだい、説明します」

ジャヴィアはしわくちゃの作業着を脱いで床にたたきつけた。

「分析中だと！　もっとも単純な携帯ポジトロニクスだって一ナノ秒とかからんぞ！」

ちょうどそのとき、グッキーが再実体化した。一本牙がきらりと光る。

「白いカラスはグッククロンに定着したようだよ」と、しゃべった。「グッククロンは木星タイプで、六光年の距離に位置する一赤色恒星の第二惑星兼外惑星だね。白いカラスはテレパシーで救助をもとめてきたんだ。どうやら《バジス》を目にしてひどく驚いたんで、飛行を制御できなくなったみたい。というよりさ、ぼくから逃げるのに力を使いはたしたんじゃないかな。救助を待っている。さて、だれがぼくといっしょに行く？」

中身の濃い報告を聞いて、ローダンはつかのま言葉を失った。それから、

「つまり、きみひとりでは無理だということか？」と、いらだったようすで訊いた。

「援軍が必要だと、本気でいってるのか？」

「ぼかあ、現実主義なだけさ！」グッキーは、当然だといわんばかりに応じた。

そこへ、あらたな議論が持ちあがった。楔《くさび》型船四隻調査のためにすぐ出発するべきだと考える人々と、アルマダ炎なしでは遭難船や謎の巨大構造物に接近することすらできまいという意見を持ちだした人々が、互角に論じ合っている。

「われわれは流血を望まない」結局はローダンが結論をくだした。「アルマダ炎を持たずに進攻すれば、結果的にそうなるだろう。一方、アルマディストとなれば巨大構造物に充分に接近して部隊を配置することができるかもしれない」

グッキーはにんまりした。たったいま再出動の許可が出たということ。

ただ、潜在意識の奥深いところで、なにかが苦痛の叫びをあげている。

「だが、きみが任務に失敗した場合、われわれはたとえ武力を行使してでも救いだせる者を救いだす。それについては変更なしだ」と、ローダンはつづけた。「きみの同行者

はレス・ツェロンだ、グッキー。マルチ科学者として、貴重なサポートをすみやかに提供してくれるだろう。なんとかして、できるだけ早くもどれ！」

「わかってるさ、チーフ」グッキーは請け合った。「謎の構造物に接近飛行するとき、ぼくだって参加したいもん」

非実体化したグッキーは、なぜかほっとした気持ちになった。ローダンが《バジス》をグックロンに向かわせるつもりはないと知ったからだ。もうじき自由に行動する必要が生じる、と、なにかがかれに告げている。

両頬がふくらんでいるために親しみをこめて〝シマリス〟と呼ばれるレス・ツェロンは、すでに指示を受け、サヴァイヴァル・スーツ姿で待機していた。グッキーの準備ができるのを待ってから、その手をつかむ。

そのころには、多少なりとも名のある乗員のうち、六人めの行方不明者が報告されていた。ミツェルである。船内の技術関連全般を担当するアルコン人で、船内インフォ用スクリーンをそなえた支柱のそばで目撃されたのが最後だった。

ハミラー・チューブが提供した映像を見ると、ミツェルは白いカラス関連の最新動向について照会していた。その背後に男がひとりあらわれ、硬直してその場に立ちつくしている。ミツェルが立ち去ろうとすると、男はふたたび動きだした。

ミツェルのあとを追って走るのは、痩せぎすの男だった。

「尻尾をつかんだぞ！」ジャヴィアが声高にいった。

「ほかの五人が消えたのも、このミュッペルハインツのしわざだ。もう疑う者はいまい」

明らかにそのとおりだった。ペリー・ローダンはフェルマー・ロイドに、異種族心理学者の身辺を探るようたのんだ。

ロイドは、すみやかに騒ぎを終息させると請け合い、オクのキャビンに向かった。しかし、《バジス》には正規乗員一万二千二百六十名にくわえ、シグリド人二千五百名が乗船している。そのなかで、これまで情報がほとんどなかった男の思考を探るのは、無意味に近い行為だった。

「破壊されたレジャー施設の奥にミュッペルバインがひそんでいてもおかしくないわね」と、デネイデ・ホルウィコワがいうと、

「やつの体格からして、草の束を引っこ抜くのすらひと苦労だろう」ツバイは笑った。

いや、こんなに明らかなのに、なぜだれも口にしない？　ツバイはそう思い、はっとした。よりによっていま、予測不可能な結果を招きかねない事実を、頭からはらいのけたい気持ちになっていることに気づいたから。

まだまにあうかもしれない……そう思って、考えを口にする。

「このような破壊は、テレキネスの行為としか考えられない。そのことは、だれもが知っているはずだが」

だれかがそれに応じるより先に、ハミラー・チューブが報告をはじめた。

「物音についての分析結果が出ました。識別不能です」

ジャヴィアは操作盤に歩みよると、〝キルリアンの手〟を開いて指先で触れ、

「こうすれば、また平常にもどるかもしれない」と、肩ごしにいった。「チューブ内のハミラーの脳がまだ実際に生きているとすると、ショックを受けたのだろう。そうでないとすると、バルピロル半導体がすっかり熱にやられたのか」

そのとき、ハース・テン・ヴァルがインターカムで通信してきた。ふだんはめったに姿を見せないアラスは、すっかり気を動転させている。

「レジャー施設で録音された物音を、ハミラー・チューブが二重チェックのためにわたしに送信してきたのです」首席船医は告げた。「最初、行為者を特定するのは不可能だと伝えるしかありませんでした。通常の状態であのような音声を出すことのできる者は、船内に存在しませんから」

「どういうことだ？　わかりやすくいってくれ」ローダンが訊いた。

「ハミラー・チューブには、その機能に欠かせない知識がすべてそなわっています。そこにはコミュニケーション関連の目的に役だちそうなものも多くふくまれます。ですが、それにテラナーの古代神話に由来する意味があるとは、わたしも考えませんでした。そのテーマについては、しばらく前に研究したことがありまして。それで、いまになって

ある関連に思いいたったというわけです」

「早く話せ！」ローダンの声が高まる。

「狼人間ですよ。テラの特定地域においては二十一世紀初頭まで、一定の時間になると動物に変身する人間がいると信じられていたようです。変化が生じるのは主として該当者の精神内ですが、からだや声帯にも影響が出たといわれています」

つづいて、不気味な音声が再生された。

「まったく同じだ」ツバイは驚愕してささやいた。「別れる前にグッキーがたてた声とそっくりだ」

それ以上の説明はいらず、すぐに〝グッキー警報〟が《バジス》内全域に出される。だが、それは不要だった。イルトはすでにツェロンとともに船外に去っていた。

＊

わかったでしょ、ハミラー。ぼくにはもうなにもできない。

かわいそうなグッキーにどんな仕打ちをしたか、いまになってやっとわかったよ。ぼく、あんまり恥ずかしかったんで、かくれたんだ。だれかに見つかって、これまでずっとどこにいたのかって訊かれないといいな。

だけど、ハミラーだってなにもできなかったね！　埋め合わせしてくれなくちゃ！

グッキーが狼人間になってもどっただけのことなら、もっと早く助けられたはずさ。だって、ぜんぶあのばからしい分析装置のせいだから、ただはずせばいいんだもん！　だけど、あの変な惑星でグッキーになにかが起きて、なにもかもはるかに悪くなっちゃった。ぼくはもちろん、ペリーとパパが話していることを聞きかじっただけだし、ほんとになにかが起きたってことしか知らないけど。なにがあったの、ハミラー？　グッキーはだれに……っていうか、なにに出会ったの？

ねえハミラー、ぼくがなに考えてるか、知ってる？

ほんとのこと、ハミラーも教えてくれないんだね！　なんかわかんないけど、《バジス》はいま、すごくおかしいよ。

あるサヴァイヴァル・スーツは完璧なシステムで、着用者のからだにぴったり合わせた、一名用宇宙船ともいえる。だが、レス・ツェロンにとって、あつかいは楽ではなかった。この使用法をひととおり学んだのは、いったいいつのことだったか？

それでも、とりあえずは《バジス》と惑星グッククロンのあいだに位置するアルマダ部隊を、グッキーに連れられて横断するだけでいい。ただし、いくら急を要するミッションとはいえ、イルトはせかせかしすぎているのではないか、と、思わずにいられなかった。

5

アルマダ第一一一部隊の旗艦にいるゾック三光は、三度めの襲撃を間一髪でまぬかれたことを知るよしもなかった。一方、数十万キロメートルはなれたポジションに位置する、トカゲの子孫が乗る宇宙船内では、修理ロボットによる処理がまにあわないほど故障が増えることになった。

ツェロンはグーン・ブロックにふいに置き去りにされ、不安な思いで待った。数分後、グッキーがもどってくる。

イルトはなんの説明もせずにかれの手をとると、テレポーテーションをつづけた。それから、ひどくはしゃいだ状態となった。ネクシャリストは、そのときはじめてイルトの精神状態に疑問をいだいた。まもなくそれが持続的になる。

グッキーは、赤色恒星に到達するまでに三回、姿を消した。そのころには、かれの気分の変化にはサイクルのようなものがある、と、ツェロンは感じていた。エネルギーとよろこびではちきれんばかりになったかと思うと、陶酔からさめて現実に驚かされたような反応をする。

ツェロンは、グッキーが見えもしない帆を見ようと目を凝《こ》らしているときを利用することにした。巨大惑星の大気圏内にあるのを見た、と、イルトは主張したが、帆はもはやそこにはなかった。

「だけど、またインパルスが送られてくるんだってば！」興奮をあらわにして断言する。「さっきより強くなってるし、もっと必死で救助をもとめてる！」

「グッキー」ツェロンは、隊形からはなれつつある宇宙船三隻のあとをゆっくりと追っていくアルマダ牽引機上でグッキーのからだをまわし、自分のほうに向けた。「われわれ、話し合うべきだと思いませんか？」

「話し合うだって？」イルトは小声で笑った。「なんのことだい、シマリス？　なにもかもはっきりしてるじゃんか。早く大気圏のなかに入らなくちゃならないんだよ」

「そのことじゃありません。この任務は、精神不安定なネズミ＝ビーバーなしだって、充分に危険なんです。もし、あなたがふいにわたしを置いていなくなったら……」

ツェロンは、黄土色と赤と緑が混じり合ったヴェールのような雲につつまれている惑星をさししめそうとして、イルトから手をはなした。

そのとき、いきなりグッキーが非実体化した。イルトが発したとしか思えない音声を瞬間的に耳にしたツェロンは、戦慄した。

宇宙空間のどこかで爆発が起こり、三分後にグッキーがもどってきた。からだが小刻みに震えている。

「レス」ツェロンのヘルメット・テレカムから、かすかな声が聞こえてきた。「ぼくひとりじゃやっつけらんない！　助けてよ！」

「なにを？」

そのとき、グッキーの姿勢が一変した。それまでやや前かがみでふらふらしていたのが、いまやまっすぐに立ち、笑みを浮かべている。

「なんのことだい？　心配ないさ、レス。いまあそこで爆発したのは、M－82に居住する一宙航種族の死者を乗せて宇宙をさまよっていた船だよ。ぼくの惑星に難破船が突入して死者の毒で大気圏を汚染するのを、黙って見ているわけにいかないからね」グッキーは真顔でうなずいた。「ほんとうにそのとおりになるところだったのさ」

「ほう」ツェロンはわけ知り顔で、「死者の思考が読めたのですか」

「帆からくる思考を読んだだけだよ」グッキーは話をそらした。「おおよその位置がいまわかった。だけど、ちょっと厄介なことになるから要注意！　ぼくからはなれるなよ、レス。グラヴォ・パックをオンにしちゃだめ。一度でも推進やベクトリングを誤れば、たちまちはなればなれだからね。ぼくにまかせてくれ！」

ツェロンがはげしく抵抗したときには、二名はすでに惑星グックロンの大気圏内にいた。とてつもない強さの風が吹き荒れている。ツェロンがいいかけた言葉は途中でとだえ、グッキーがなにか応えたとしても聞こえない。ヘルメット・テレカムから聞こえてくるのは、電磁放射のたてるすさまじい音だけだった。

しかも、それははじまりにすぎなかった。

ツェロンがまともに考えられる範囲内でこのとき判断したことによると、二名は大気圏上層部で再実体化したらしい。柱状にたちのぼるガスが惑星全体に張りわたされた放射帯に入ることで、電磁放射が起きていると思われた。その現象はテラの稲妻の数百万倍も強力だ。この惑星の放射帯にくらべたら、テラのヴァン・アレン帯などもはや意味を持たなかった。

ツェロンは両手でしっかりとグッキーにつかまった。解きはなたれた力によってふたりのからだが回転しはじめると、重力装置を使いたいという衝動をおさえた。防御バリアが燃えだして色とりどりの炎があがり、巨大惑星に無謀に立ち向かうちっぽけな二生物は、すさまじい重力に引っ張られた。かろうじてサヴァイヴァル・スーツにより緩和されたのは外圧だけだ。

ツェロンは悲鳴をあげたが、だれの耳にもとどかないことはわかっていた。ときどき頭上のヴェールが裂けて宇宙空間が見えたが、じきにそれもなくなった。重力によりますます下方に引っ張られ、重たい石さながらに落下していく。暴風にあおられて、ふたりのからだは薄片のように旋回した。

ツェロンは防御バリアの負荷インジケーターに目をやり、あやうく正気を失いそうになった。あとどのくらい持ちこたえられるのか、という疑問が頭に浮かぶ。

そのとき、目の前にちいさな球形の雷光があらわれた。黄色がかった断片的なガスのなかからアンモニアの氷結塊がふいに生じ、そこに白熱する点にも似た雷光がくっついて鬼火のようにしばらく舞いながらちりぢりになり、やがてしずかに爆発して消えた。

ツェロンは目眩《めまい》を感じた。

〈ここから脱出しましょう、グッキー！　宇宙空間へ！　帆はとっくに砕け散って惑星表面に降下したはず！　われわれも同じ運命をたどることに……〉

そのとき、周囲の光景は消え、べつの世界が目の前にあらわれた。

二名が実体化したのは先ほどよりかなり低位置のおだやかな場所だった。毒ガスをふくむ大気圏が粥《かゆ》のように渦巻いている。

＊

グッキーの目の前に白熱する輪があらわれ、しだいに弱まってやがて完全に消えた。かれもツェロンと同じくらい疲労困憊《こんぱい》していたが、それほどみじめには感じなかった。あれは頸筋の痛みや引っ張られる感じのせいだったのだろう。だがこんどは、かれの身に起きた恐るべき出来ごとの告知とは違っていた。くたくたに疲れてはいたものの、これほど安定した気持ちになったのは《バジス》をはなれて以来はじめてだった。精神を揺さぶる対抗力はもはや感じられない。説明はできないが、あらたなエネルギーがどこから注ぎこんでくる感覚がある。

だが、それについては考えなかった。かれの思いは、いまなお聞こえてくる白いカラスの救難信号にまぎれて、ついさっき深淵から受けとった気がする思考に向けられていた。グックロンに知性体がいるかもしれないという見込みに、さして興奮することもない。惑星EMシェンの回転海綿や匍匐《ほふく》海綿といった、極限惑星に棲む異種の生命形態のことはまだ記憶に新しかったから。

イルトは、テレパシー性の救難信号に精神を集中させた。ツェロンとの通信はまだほとんど不可能な状態で、あいた手で合図を試みるのがせいいっぱいだ。

「もっと下降しなくちゃ！」と、マイクに向かって叫び、隣接する気層を巨大アメーバのようにゆっくり浮遊する雲をさししめした。同時に、気温が摂氏九十度、二十二気圧に上昇したことをチェックする。ついさっきまでは四十度、大気圧は半分だった。

グッキーはツェロンの思考にはげしい抵抗とパニックを読みとり、帆のすぐそばに達していることを理解させようとしたが、甲斐《かい》はなかった。

ほかのことをすべて忘れ、インパルスの発信源を特定する。

ふたりが到達したのは、巨大な渦のまっただなかだった。急速に回転しているため、内壁は地面のようにかたい。気がついたときにはすでに遠心力に巻きこまれ、濃縮されたアンモニアの雲を背に、内壁にへばりついていた。かれらのからだもいっしょに回転している。すると、真向かいに帆があった。

渦の内部は真空のように澄みきっていた。帆を目にしたとき、〝竜巻〟の直径が想像を絶するほど大きいことがはっきりした。十キロメートル四方の帆の半分が内壁からはなれ、回転の進行方向に向いている。ちょうどまんなかでゆるやかにカーヴして四十度の角をなし、付属物は渦の内壁に押しつけられた格好だ。

グッキーは下方に目を向け、思わずうめき声を洩らした。井戸のなかを見おろすのと同じで底の深さははかり知れず、液状の惑星内部がオレンジ色に輝いている。

救いをもとめる叫びは、ちっぽけな〝ゴンドラ〟から発せられていた。つまり、白いカラスの正体はゴンドラということになる。帆はただの道具で、いうなれば推進力にすぎないということか？

ふいにツェロンの声がヘルメット・テレカムから響いた。障害はなく、はっきりとした音声だ。

「なにを待ってるんです？　渦がとまれば、あれは落下して一巻の終わりだ！　すぐに向こう側にジャンプしましょう！　ここに目をみはるような景色がまだあるとは思えませんから！」

どのようなものに目をみはることになるか、グッキーには知るよしもなかった。

「テレポーテーションしたって、カラスの横の壁にへばりつくだけでなにもできないってば！」イルトははげしい口調でいいかえした。「あっちに浮遊するしか方法はないのさ！」

「はなればなれになりますよ！」ツェロンは同意しない。

「きみが思考するかぎり、ぼくは見つけられるよ」

グッキーはすばやくからだをもぎはなし、ツェロンがふたたびつかむより早くグラヴォ・パックをオンにすると、コンタクト・スイッチの発光フィールドに一定の順序で触れた。あとは軽く突きを入れるだけで、からだは渦の中心へと進んだ。装置がグックロンの重力と遠心力を緩和したのだ。

ツェロンは悪態をつきながらも、グッキーにならってグラヴォ・パックを操作する。慎重にベクトリングして、できるだけネズミ＝ビーバーの近くにとどまるようにした。〝近く〟というのは非常に相対的な概念だったが。なぜなら、グッキーは渦の直径を七十ないし八十キロメートルと踏んでいたのだから。

内部では遠心力が働かないため、二名は百パーセントの重力を受けた。グッキーの指が制御パネルをせわしなく移動する。進み方が遅すぎるらしく、帆の付属物はまだはるか先にあって、かたちを見きわめることもできない。

グッキーは推進力を増強したが、ちっとも進んでいないような気がした。ツェロンがかれのわきを勢いよく通過したとき、それは確信となった。

なにかがブレーキをかけている！　なにかが……ぼくをつかもうとしている！

それは、すでに何度も感じた、深淵からのインパルスだった。かれは、異質の力から逃れるため、すばやくテレポーテーションして高度をあげようと試みた。

しかし、それは失敗に終わった。

ヘルメット・テレカムから悲鳴が響いたと思うと、ネクシャリストがコントロールを失うのが、瞬間的に目に入った。あぶない、と、叫ぼうとしたとき、グッキーのからだは深淵に向かって石さながらに落ちていった。

死にものぐるいでコンタクト・スイッチを処理したが、装置はもはや重力を緩和しないらしい。それともべつの理由があって落下しているのか？

けれども、そのことを考えるのは恐い気がした。イルトは渦のなかをどんどん落下していく。ふたたびジャンプを試みたとき、苦痛の波に襲われた。摩擦による負担でバリアが恐ろしいほどに明滅する。外からの圧力はなくなったが、意識内でなにかが破裂しそうな感覚がある。おのれの悲鳴はもはや聞こえず、明晰な意識が最後に見たのは、レスはもちろん、帆もどこにもないということだった。

その後は、周囲をつつむ暗黒だけとなった。

＊

どのような手段で帆に接近したのかはわからないが、気がつくとツェロンは付属物を係留するザイルにつかまっていた。長さ三メートル、太さは脚くらい。そこに両腕をまわしてつかまり、こめかみのうずきがとまるのを待つ。

グッキーの名を呼んだが、応えはない。大きく開いた足もとの深淵に目を凝らしたが、そこにイルトの姿はなかった。

自分は惑星グックロン大気圏内の旋風地獄のなかにひとりぼっちだということを、徐々に意識した。思考がめまぐるしく働く。かれの意識は、グッキーがいきなり墜落しはじめた瞬間からずっと朦朧《もうろう》とした状態で、ただ本能にしたがって行動していたので、いまになって絶望感に襲われたのだった。

自分にはグッキーを救えなかった。おそらく、だれにも救うことはできなかっただろう。奇蹟でも起こらないかぎり、ここから宇宙空間にもどって《バジス》に達することなど、できないのではないか？

片手を伸ばせばあのアルマダ作業工にとどきそうだが、なにか役にたつだろうか？

アルマダ作業工だって！

ツェロンはしだいに興味をふくらませながら、帆の付属物であるアルマダ作業工を眺めた。これと重力装置の助けがあれば、だれの手も借りずに宇宙空間に出られるだろう。そう確信したとき、みじめな裏切り者の気分になった。ためらう時間が長くなればそれだけ、アルマダ炎に対するペリーたちの希望は完全に消えかねない。希望が満たされるかどうかは、この瞬間、自分の手にかかっているかもしれないのだ。

さんざん迷ったすえ、妥協案をとることにした。それにより運命と和睦はできないとしても、グッキーがまだ生存していて自己制御をとりもどせば、こちらに合流できるかもしれない。

ザイルを伝って下降し、アルマダ作業工の横まできたところでとまり、左手だけで身を支えた。やや落胆を感じる。帆の下部でなにに出くわしてもおかしくないと考えていたとはいえ、無限アルマダの多目的ロボットだけは予想外だった。

これはふつうのアルマダ作業工ではない！　ロボットをじっくりと観察してそう気がつくと、最大出力でグッキーに呼びかけた。

そのロボットは既知のタイプだった。断面が円形の短い胴体を持ち、全方向に動くことができる。上端と下端は円錐でふさがれ、そこには通常グーン・ブロックが一基ないし数基そなわっている。

ところが、目の前のロボットにはその小型エンジン・ブロックが欠落していた。また、胴体から突出する把握アームやらせん状の触手アームもない。通常、アルマダ作業工の大きさや機能に応じて、そうした装備がそなわっているのだが。

ツェロンの前にあるのは、四肢を持たない胴体のみ……トルソーだった。把握アームが出てくるはずの開口部には黒っぽいものが見えたが、ツェロンの目にはそれ以上のことはわからなかった。

グッキーの姿をもとめて何度も見まわしては、ザイルの上方にある帆の下端に目を向けた。全体をこの大気圏から脱出させるのは無理としても、運が味方すれば、トルソーをはずして持ちだすくらいならできそうに思われた。

帆の縁のふくらみの厚さは十メートルと推測されたが、帆じたいの厚さはいまだにわからない。

ツェロンはさらに二分待ったが、内なる葛藤が耐えがたくなると、サヴァイヴァル・スーツからヴァイブレーション・ナイフを抜きとって係留ザイルにあてた。かれは自分にいやけがさした。

*

なにかが外側に向かって破裂しようとしている。グッキーは頭部に圧力を感じ、つづいて頸筋を引っ張られる既知の感覚をおぼえた。渾身の力を振りしぼってからだから暗黒を引き剝がし、自分をつつみこんでいた殻を破壊すると……それを見た。

心の内でなにかが笑った。イルトの努力や反抗心や怒りをおおいにおもしろがっている者がいるらしい。そのことで、かれはいっそう腹をたてた。

この瞬間、ツェロンや白いカラスのことは考えなかった。未知の敵のことしか頭になかったから。

「単独か複数か知らないけど、思い知らせてやるぜ！」と、声をかぎりに憎まれ口をたたく。「そのためにもう一度ここまでくるはめになったとしてもだよ！」

ぼくの名前がついた惑星で襲ってくるとは、破廉恥にもほどがある！

上にもどらなくては。引きこまれた深さについては、気温と気圧を読みとればいい。グッキーの頸筋の毛皮は垂直に立っていた。いずれにせよ、もう落下はとまっている。

「レス？」と、交信してみる。

答えがくるより先に、テレパシーでツェロンの位置をつきとめた。深淵の力は沈黙している。その影響力はなくなり、精神の触角も引っこんだらしい。だが、かれの憎まれ口のせいではないことは明らかだ。

「グッキー！」ツェロンの安堵した声。「全惑星にかけて、いったいなにが……？」

「すぐに説明する！　その場をはなれないで！」

テレポーテーションに気持ちを集中させたとき、グッキーは見た。渦のなかにいるのは自分だけではなかったのだ。

長さ百メートル、太さ二メートルの縄に似たものがあちこちから伸びてくる。鞭《むち》のようにしなりながら、上下から猛スピードでこちらに向かって接近してきた。敵だ、と、瞬間的に思ったが、縄はプシオン力を持たなかった。

そこにいるのは従来の意味の生物ではないらしいが、グッキーにはどうでもよかった。もうだめだと感じてじっとしていると、縄はからだに巻きつくほどに接近してきた。かれは、そこへテレキネシスを見舞った……正確には、そうしようと試みた。テレポーテーションの瞬間、テレキネシスが使えなくなっていることを認識させられた。テレポーテーションならできると思ったが、その期待も裏切られる。

あらたに襲ったショックをなんとか乗りこえてグラヴォ・パックを操作し、間一髪で火急の危険地帯を脱した。矢のように上昇していくイルトの下方で縄はひとつになり、ぐちゃぐちゃにかたまって、もはや解くことのできない物体となった。

グッキーはそれにはかまわず上昇をつづけた。無限にも思われる時間が過ぎてからやっと上方に帆が見えた。すぐにロボット・トルソーの間近でツェロンとならび、すかさずいう。

「質問はあと。どうやら白いカラスの面倒をみてくれたみたいだね。安全な場所へ連れていかなくちゃ」救いをもとめる叫びの発信源は明らかにトルソーだったことをツェロンに手みじかに説明。それがアルマダ作業工だったことに驚いているひまはなかった。

「これが白いカラスだよ。早く切断してくんない？　急いでよ、レス！　惑星表面になんかが生きていて、ぼくを引きずりおろしたんだ。すぐにまた襲ってくる。テレポーションもできないし、テレキネシスも使えない。レス、くるぜ！」

だが、警告はもはや遅かった。漏斗状の渦の数カ所に亀裂ができて、メタンをふくむねっとりした外気が流入してくる。亀裂は目で追えないほどの速さで拡大し、やがてグックロンの暴風を受けて渦は崩壊。グッキーはよりどころをうしなって吹き飛ばされ、防御バリアはまたしても白熱して明滅しはじめた。ツェロンも第二のたいまつとなってそれにつづいた。

あっという間の出来ごとだった。グッキーはなにかかたいものに激突する。そのとき、瞬間的に視野が開けて、帆が見えたのがわかった。

帆は暴風を受けて、開いていた花がつぼむようにいきなり折りたたまれた。グッキーはそのなかに埋もれていっしょにたたまれ、容赦なく深淵に連れ去られた。グラヴォ・パックはなんの役にもたたなかった。墜落であれば防げたかもしれないが、未知物質からなる十キロメートル四方の構造物が持つとほうもない重量では無理だった。

かつて誇り高く超然と宇宙を漂流していた構造物は、しだいに強まる外圧によって空気の抜けた気球のようになり、紙きれさながらにまるめられた。

窒息するかと思われたまさにその瞬間、グッキーは異質の力のインパルスをふたたび受けとった。今回は直接かれに向けられ、個々の〝声〟に区別できるものだった。

6

デネイデ・ホルウィコワは、グッキーとレス・ツェロンが去った直後に出発したスペース＝ジェット十機から送られてきたハイパー通信を受けた。搭載艇は巨大惑星上空にとどまっているものの、ペリー・ローダンの機嫌をよくさせる報告はなかった。二名は明らかに有毒大気圏に進入したようだが、なんの形跡も見あたらず、位置情報もなければ、援助をもとめる通信もない。赤色星系における進展に対し、好奇心旺盛なアルマダ司令官たちの注意を不必要に喚起しないため、《バジス》への交信は緊急時にかぎるようグッキーに指示したことを、ローダンはいまいましく思った。

しかし、その指示は搭載艇にはあてはまらない。状況が根底から変わったのだ。アルマダ炎千個をもってしても、グッキーとツェロンの喪失を埋め合わせることはできない。遭難船四隻のための進攻についても、ひとまずは保留とされた。

ローダンは絶望に近い気持ちだった。だが、希望を持って待つしかあるまい。

あげくのはてに、ハース・テン・ヴァルが古代の書物をキャビンから持ちこみ、次のように読みあげた。

「伝承によると、狼人間がそもそも狼人間となるのは、べつの狼人間に嚙みつかれ、攻撃を生きのびた場合にかぎられる。また、狼人間を恐るべき運命から解放するには、銀の弾丸か銀の短刀、もしくは……」

「もう充分だ！」ローダンはどなりつけた。「それ以上は聞きたくない！」

アラスは額にしわをよせ、ばらばらになりかけた本のページを骨ばったひとさし指でたたいた。

「驚きましたね。このようなことを信じていたのは、あなたの祖先なんですよ」

「頭のおかしい者だけだ！」

「吸血鬼や狼人間、怪物フランケンシュタインについては聞いたことがあるけど、狼イルトは知らないわ」と、デネイデ。雰囲気をやわらげようとしていったのだが、おもしろがる者はなかった。彼女はやや声のトーンをさげて、「わたしがいいたかったのは、無限アルマダ間の通信にもっと注意をはらったほうがいいのでは、ということです。部隊間の交信が増加しています。なにかよからぬことをたくらんでいるかもしれません。察するに、アルマダ中枢の指示を待つのをやめ、自己責任のもとに当初の命令を遂行するつもりのようです」

それは、銀河系船団を追跡し殲滅《せんめつ》せよという命令だ！　ばらばらになったこちらの部隊を追いこむつもりか。数百万という相手に対して、手も足も出ないというのに。

ローダンは両手をこぶしに握った。

なにもかもが制御力を失っていくように思われた。タウレクに目を向ける気にもなれない。テラナーが解決不可能な状況を救おうとしているのを見ておもしろがっているようすがあからさまだったから。

《シゼル》を出してくれとタウレクにたのむべきかどうか、すでに何度も思案した。それは、もはや時間の問題でしかなかった。

厄介な状況だ！　しかも、複数の状況に直面している。

そのひとつは、オク・ミュッペルハイマーおよび蒸発した乗員のこと。ウェイロン・ジャヴィアは口には出さないが、かれの心配はサンドラ・ブゲアクリスのためばかりではなかった。奇妙なことに、しばらく前から息子オリヴァーが姿を見せていないばかりか、かれのいたずらに対する苦情もないのだ。

フェルマー・ロイドがもどってこないことで、事態はさらに悪化した。すぐに一宙航士が異種族心理学者のキャビンに向かったが、そこにはだれもいなかった。機器類がいくつか壁から剝ぎとられているほか、かなり多数の人間がキャビン内に一時滞在した形跡がある。

大々的に捜査すれば、ただでさえ不安をいだいている乗員たちをさらに不安にさせることになる。ハミラー・チューブは無力無案のようだが、それでもローダンにとって唯一の望みだった。ミュッペルハイマーがどこにかくれていようと、いつかは姿をあらわすはず。遅くとも、かれがあらたな犠牲者をもとめたときに。

「ミュッペルハイマーか！」ローダンははげしい口調で名前を口にした。

ハース・テン・ヴァルは出入口までそっと後退し、

「もしかしたら、かれがそうかもしれません」と、いった。

「そうとは？」

「グッキーを噛んだ狼人間です……」

ウェイロン・ジャヴィアがはじかれたように立ちあがり、手ずから医師を通廊に引きずりだした。

「ミュータントなしで、どうするつもりか、ペリー？」タウレクの顔に驚きがあらわれている。「ラスとフェルマーに行方不明者を追跡させるつもりだったんだろう。テレポーターひとりではなにもできない。テレパスなしで、どうするんだ？」

〝行方不明者〟という言葉が妙に強調されている。ローダンが応じるより先にツバイが、

「フェルマーは見つかるとも、タウレク。狼人間なんてひとりいれば充分だ。ミュッペルハイマーには奇妙なところがあるとしても、犠牲者を次々と殺人鬼の洞窟へ連れこむ怪物ではない」そういうと、周囲の乗員たちの顔を見た。「そう考えている者もいるん

だろう？　だが、わたしにはわかっている」

ペリーにはそれだけいえば充分だと思い、ツバイは非実体化した。ミュッペルハイマーを探して連れもどし、充分な証拠を手に入れてから説明するつもりだった。

こうして、幹部メンバーのだれも、ミュッペルハイマーがグッキーに分析装置を携帯させたことは知らないままだった。

すこし考えれば、すくなくともそれについての心配はなくなったかもしれない。けれども、救う方法がわかったとしても、イルトを見つけださないことには、なにもなるまい。

「病んでいる」ジャヴィアがつぶやいた。

「なんだって？」ローダンがうわの空で訊きかえす。

「病気ですよ！　グッキーも、ミュッペルハイマーも。このこみいった状況すべてが病んでいる！」

＊

シェリー・W・オガートは、ジャヴィアのいう病気を気にしていなかった。心配ごとはなにもない。その点では、ちいさな医療センターのベッドに横たわるほかの〝患者〟たちも同様だ。その数はいまや十二名に達し、天井下部の回転するスクリーンをうつろな目で凝視している。

そのひとりにドナス・デュシンがいる。かれはちいさな研究室のリーダーだ。そこでは数年前に科学実験がおこなわれたが、実際の内容や目的についてはだれもはっきりと知らない。ハミラー・チューブの秘密のひとつだ。

現在この医療センターは、宇宙空間でなんらかのショック体験により特別処置を必要とする宙航士のために使われている。しかし、そうしたケースはめったにないので、このセンターもさほど重視されていない。当然のことながら、船載ポジトロニクスの監視下におかれていた……これまでは。

オク・ミュッペルハイマーは満足そうに周囲を見まわした。デュシンの助手のダナ・セント・ヴィンセントが、かれの目の前に人形さながらに直立している。暗示は完璧で、望むことを口にしさえすればダナはなんでもした。

彼女に力をおよぼさざるをえなかったのは、ハミラー・チューブから身を守るためだ。ダナはハミラーから質問されると、オク・ミュッペルハイマーなどという人物はこれまで一度も見たことがない、と、いわれたとおりの常套句《じょうとうく》で答えた。その後はホログラム技術によるプロジェクションで医療センターをおおい、だれも使用していないとハミラー・チューブに思いこませた。

このような方策を使うのは、かれも気が進まなかった。けれども、分析結果を提示したあかつきには、ペリー・ローダンもそれが不可避だったことを心から納得すると確信していた。

《バジス》は恐ろしい危険のなかにある。それはオクにとって疑いのないことだ。白いカラスについての噂が疫病のようにひろまり、ポジトロニクスすら巻きこまれている。かれは、これを集団ヒステリーと診断した。どうすればハミラー・チューブを治癒させられるか、ということまで思案していた。

「わたしは、嵐のなかに立つ岩！」と、かれが大仰《おおぎょう》にいうと、モデュレーターがそれをダナの声に変えた。

オクの問題は、ヒステリーの原因を患者たちから引きだせないことだった。かれらは天井の下のヒュプノ・フィールドにより昏睡状態にたもたれており、譫妄《せんもう》のようにときどき訊かれるまでもなくなにかしゃべったが、役にたつものはなかった。

いや、それどころか、耳にしなければよかったと感じることもある。とくにフェルマー・ロイドがグッキーについて語ったことがそうだ。イルトは分析装置に対して予期したよりはげしく反応したらしい。もちろんロイドはグッキーのインパルスを受けとったはず。オクの次のステップは、ロイドを真実に直面させることだ。

ネズミ＝ビーバーがそろそろもどってくるとありがたいのだが。分析装置の評価値が早く知りたくてたまらない。そこから解決策がわかるはずだから。

そのとき、背後の物音にぎょっとして、オクはゆっくりと振りかえった。

ラス・ツバイが陰鬱な表情で見つめている。

「こんなことじゃないかと思った」と、アフロテラナー。「狂気の実験の続行を可能にするかくれ場が必要だったのだな。それがわかったので、楽に見つけられたよ。だが、もう終わりだ。きみのせいでグッキーとレス・ツェロンが失うのは白いカラスだけですむよう、祈るんだな」

白いカラス！

またその話だ。

オクは、自分を外界から隔離したい衝動をおぼえたが、自制した。いまやすべてを失いかねないことがはっきりしたから。

このテレポーターは危険だから、無力化しなければ。

かれは、コンビネーションのポケットに手を入れた。ラスが歩みより、指を伸ばしたとき、オク自身の指は微小なさいころ形リモコンのスイッチに触れた。

天井の下にあるヒュプノ・スクリーンのひとつがかたむく。それがツバイの視野に入り、かれはそちらに目を向けた。ほんの一瞬だったが、充分だった。

「ミュータントの場合、とくに精神異常が深刻になるらしい」オクはつぶやきながら、ツバイのからだを引っ張って唯一あいたベッドへ乗せ、拘束フィールドをめぐらせた。

自分の声はハミラーに聞こえるはずがない！　これまでいっさい対処してこなかったのがなによりの証拠ではないか……と、かれは考えた。

ハミラー・チューブの無為にはべつの理由があるかもしれない、と、オクが思いいたることはもちろんなかった。たったいま自分が暗示をかけたのが、ふたりめのメンタル安定人間だということも……

7

どう考えるべきか、グッキーにはもうわからなかった。そのテレパシー性インパルスは自分に向けられたものだったが、未知生物の性質や動機についてもっと知りたいという希望はかなえられないままだ。〝声〟はいまもぼんやりとして、背景に笑い声が響いている。だが、理解可能なメッセージや映像をそこから解明することはできない。

そのかわり、未知生物から発せられるパラプシオン性の莫大な力がふたたび感じられた。嵐を生じさせたのは、その力以外には考えられなかった。だが、〝未知〟という表現は不適切かもしれない。グックロン生物とかれが名づけたものが発する放射は非常に異質だったにもかかわらず、既知のもののように感じられたから。

それでもひとつだけ理解したのは、かれらが自分やレス・ツェロンの死を望んでいないということだった。

燃えるような怒りは強い好奇心に変わり、かすかな自信のようなものが内に生じた。

ぼくらを生け捕りにしたいほど興味があるんなら、白いカラスがぼくらにとってどんなにだいじか、わからせる方法があるはずだ！　ぼくらも白いカラスも解放させてみせる！

けれども、かれはまだ帆につつまれたままなので、レスやロボット・トルソーがいったいどこにいるのかわからなかった。

と、次の瞬間に落下はとまり、かれを渦のまんなかに捕らえて引きおろしたのと同じテレキネシスが、こんどは反対方向に働きはじめた。

グッキーは、自分のテレキネシスとテレポーテーション能力を投入しようと試みたが、やはり効果は得られなかった。

どうやらグックロン生物は、名づけ親が逃亡する可能性をことごとく拒否したいらしい。友好的な意図かどうかはわからないが、グッキーはすべてかれらの思いどおりにさせるつもりはなかった。

そのとき、多量のインパルスの波が押しよせて、グッキーは戦慄した。それまでになく大きな波だった。

「ここから出してくれったら！」と、甲高い声で叫ぶ。「それとも、ぼくから姿を見られるのが恐いのかい？」

それはおそらくないだろう。

すると、かれの言葉が効力を発揮したかのように帆は開きはじめた。下部がぴんと張って本来の幅いっぱいに伸びるのが、グッキーの目につかのま見えた。ほのかな褐色に光り、濃い大気のヴェールにはてしなくつづいていくように感じられるほぼたいらな平原の上方で、帆の下端が水平に伸びている。

それは、インジケーターがしめす二・九四Gのもとでは不可能なはずだった。天蓋のように頭上にひろがる帆は、この重力では薄っぺらな皮膜のように地表に打ちつけられるはずなのに！

未知生物の恐るべき力を想像して、グッキーの勇気はくじけそうになった。

それにしても、どこにいるんだろう？

一分くらい帆の下端に捕らわれていただろうか。百メートル下方の平原を眺めていると、ふいにアルマダ作業工のトルソーがかれのすぐ横にあらわれた。

先ほど見たときは四つある帆の角のひとつにつなげられていたのだが、いまは帆のなかほどにある。係留ザイルは見えない。

救いをもとめる叫びもやんだ。グッククロン生物のも白いカラスのも、インパルスはいっさい受信できなくなった。

ロボット・トルソーのなかにはたしかに有機生命体がいたのに、未知生物はそれらを殺すか気絶させるかしたんだろうか？　これから起こることを見なくてすむように？

なんてばかばかしいことを考えている？

そのとき、イルトは何者かにつかまれ、平原に向かってゆっくりと降下しはじめた。グラヴォ・パックが重力を緩和したが、軽宇宙服を着用していたとしても重力は感じなかっただろう。

風はそよとも吹かず、不気味なほどしずかだった。グックロン生物は沈黙し、トルソーは四方に向かって伸びつつある帆の天蓋から垂れさがったまま、音もたてない。レス・ツェロンの声も聞こえない。

「こんなことさせるもんか、わかったかい？」グッキーはどなった。「そっちにはそれなりの意志があるんだろうけど、ぼくはここにきた！　いますぐ姿を見せるか、さもなけりゃぼくらを宇宙空間にもどしてくれ！　ぼかあ超多忙だし、帰還するようにいわれてるんだ。だからさ、ほんとはどうしたいのか、表明しろよ！」

言葉ほどに自信はなかったし、攻撃は最大の防御ということわざも状況にそぐわないように思われた。自分が想像を絶するほどちっぽけな存在になった気がする。

大言壮語を詫びようかと思ったとき、グッキーはメッセージをキャッチした。こんどは明白にはっきりと聞こえた。

〝ペリー・ローダンが貴官を置いて飛び去ることはありません、特別将校グック！〟

〝もちろんだ！〟やや明るいべつの声が、かれの意識内で響いた。〝でも、われわれを見つけてもらわなくては、ちび！　それもおまえさんの任務のうちなんだから！〟

特別将校グックだって？　しかも〝貴官〟？

そのあとで〝おまえさん〟といわれて〝ちび〟と呼びかけられた？

この瞬間、イルトはただの夢だと確信した。《バジス》のどこかにいて夢をみてるにきまってる。でなけりゃ、こんなばかなことがあるもんか！

だけど、レス・ツェロンが交信してきたのも、やっぱり夢かな？　ずいぶんやかましく、ののしりちらしてるけど……

しばらくは調子を合わせて相手をするしかなさそうだ……目がさめるか、あるいは正気を失うまで。

＊

「レス？」グッキーはマイクロフォンに向かって呼びかけた。「聞こえるかい？」

罵言はとだえ、ためらいがちな質問がかえってきた。

「グッキー！　生きてたんですね！　わたしが見ているのと同じものが見えますか？まったくいまいましい。現実とは思えません！」

「現実のはずはないさ。だけど、どうせ夢ならふたりいっしょにみるほうがいい。どこにいるの、レス？　帆はきみの上にあるかい？」

「あります。わたしの位置は……」

グッキーの二メートル先の薄い靄《もや》のなかから、サヴァイヴァル・スーツ姿のツェロンがあらわれ、

「ここです！」と、あえぎながらいった。「だれかといっしょに夢をみたことなんて、一度もない。グッキー、これは現実ですよ。だが、どういうことです？」

イルトは体験したことや自分の考えを手みじかに説明したが、情報は多くない。

「かれらを探そう」と、うなるようにいった。「きっと見つけだすさ。〝貴官〟とか〝おまえさん〟とか、まったく……！」

かれはマルチ科学者についてくるよう合図したが、進む方向はどうでもよかった。地面はやわらかく、ところどころに液体アンモニアが溜まっている。

「アンモニアの集中豪雨に溺れるのを、帆に防いでもらわないと」グッキーは未知生物に話しかけるようにいった。「それから、この平原はにせものだ！」

〝にせもの？〟

その思考は、地面から直接、発せられたようだった。グッキーは、まだほとんど動かしていない足をとめた。

「ここではヒラメのようにひらべったい生物しか生きられませんよ」ツェロンの声だ。「百気圧を超えている。じつは、もっと高いと思ったんですが。それに気温が二百三十五度もある！　棲んでいるのはヒラメのようなものか、もしくは……」

「もしくは、ここにいるやつだ！」グッキーは大声でいい、片脚を高く振りあげて強く地面に打ちおろした。

〈おお！〉

「なるほどね！」グッキーは歓呼した。「ここにかくれていたのか！　見つかるまで長いことかかると思ったのかい？」

かれがふたたび地面を蹴ると、外周五十メートルの円形部分が赤みを帯びて光りだした。その向こうは褐色のままだ。

〈おお、グッキー、ひどい仕打ちではないか？　きみを助けようと思っただけなのに。ほかの連中は自力で見つけることだ。きみの友がヒントを出したではないか。わたしは一構成要素にすぎない。集合体の全体を発見してはじめて、真実がわかるだろう〉

「真実って、なんのこと？」

〈すべてだ！〉

これではどうしようもない。ツェロンが質問を浴びせてくる。惑星表面と会話するグッキーのことが心配になったらしい。

「なら、なぜいま教えてくんないの？　イースターの卵を探す子供じゃあるまいし」

グッキーの意識内に、かすかな忍び笑いが響いてきた。

〈見方によっては子供だろうな、ちび。集合体があらわれたら、きみはわたしの声をま

た聞くことになる。それはそうと、わが名はハクン！〉

赤いフィールドは消えた。平原は褐色にもどり、ふたたびひっそりとする。

「これはパズルだよ、レス」ネズミ＝ビーバーがいった。「すべてのピースを嵌《は》めこまないかぎり、ここから出られないんじゃないかな。見つかったのはハクンだ」

「ハクン？」ツェロンは神経虚脱におちいる一歩手前のようだ。

「ハクンさ。ところで、きみの出したヒントってなんだったの？」

＊

経過したのは二時間か、それとも三時間か、もうわからなかった。グッキーは時間をたしかめるのをやめ、ふたりは進みつづけた。帆はいまもかれらの頭上にあり、地面はやはりたいらで、残念ながら褐色のままだった。それは石や既知の地層からなるのではなく、グッキーとツェロンがかわるがわるに踏んでも変化はない。不気味なほどしずかだった。

イルトの頭にあることがひらめいたのは、かなりしてからだった。

「ヘルメット・インジケーターを見てみな、レス！」と、大声で呼びかけた。「気圧だよ！」

「なぜです？　さっきも……」ツェロンは思わず口笛を鳴らした。「百七十気圧！」

「これがヒントだったんだ。わかるかい？」興奮のあまり、グッキーの声は裏がえっている。「さっきは百気圧だったただろ！　かれらが地中に寝てるっていうか、埋まってる部分は気圧が緩和されるんだ！　インジケーターに注意するだけでいいんだよ！」

ツェロンは懐疑的だったが、二十分あまりたったころ、最初の気圧低下が確認された。

グッキーが足でどしんと地面を踏むと、周囲が赤く光りはじめた。

〈よくやった、ちび！〉その声は、かれの心中で響いた。〈前進しているようだな。誇りに思うぞ、息子よ。最終部分に達したら、わが名を大声で呼んでくれ。クルダと！〉

「あんたの息子じゃないって！」ネズミ＝ビーバーは文句をいってから、ツェロンに向かい、「第二のピースはクルダって名前だよ」と、説明した。

捜索はさらにつづく。グッキーとツェロンは、平原からわずかな高さを浮遊して最短距離を移動した。光の消えたクルダのフィールドかららせん状に外に向かって進む。集合体の構成要素をひとつとして見逃さないようにと願って。

帆はかれらの頭上にある。ロボット・トルソーがつねに頭の真上にあることに、イルトはこのときになって気がついた。

「タンタロスの葡萄《ぶどう》みたいだね」と、グッキー。「うまくやり遂げたら白いカラスが手に入り、ついでに〝すべての真実〟も知るわけだ。失敗したら……」

それについてはまだ考えたことがなく、このときもやはり考えなかった。

やがて、かれらはパズルの第三のピースを見つけた。

〈おめでとうございます、グック少尉！〉

その声は雷鳴のようにグッキーの内にとどろいた。かれを〝貴官〟と呼ぶ、やや低い声にまちがいない。

〈よろこびに輝いていますな。昔のミュータント教育が錆《さ》びつくことはありません！最後の部分にきたら、カハスの名を呼んでください！〉

「かれらの名前はハクン、クルダ、カハスだよ」赤いフィールドが消えると、イルトはツェロンに伝えた。「名前を頭に入れて、スペルの謎解きじゃないかためしてみて、レス。この一件さ、だんだん〝それ〟が昔よくしかけた冗談みたいな気がしてきた。不死存在の謎解きには、こんなくだらないものはなかったけどさ！」

その後、次々と成果が得られた。エルヴル、フゲウ、フグフル、ドグウィ、クーマ、ペグルという名前を見いだして、ネズミ＝ビーバーは心からほっとした。次のフィールドはほかのより淡い赤で、どちらかというとピンク色に近い。例のごとく足でどしんと地面を踏むと、声が聞こえてきた。

〈ハロー、テディベア！あなたが立っているのはマシーの上よ。あとはわれわれの最後の仲間を活性化すれば、任務は終わりね。幸運を、テディベア！〉

グッキーは驚きと怒りで半メートルほど跳びあがった。これまでいろんな名前で呼ばれたけれど、テディベアといわれるなんて！　二次元生物、ただの地面、エネルギー・フィールド……なんでもいいが、この思考の声に女特有の放射があると感じたのは、思い違いだろうか？

「マシーだってよ、レス！」と、うなるようにいい、ほかに聞いた内容は口にしなかった。「あと一名でぜんぶだと思う」

〝すべての真実〟とはなにか、いまや興味津々《きょうみしんしん》だった。なんの真実？　ぼくについてなのか？　もしかして、この現象には〝それ〟が絡んでいる？

いや、ありえない。だいいち〝それ〟は人類から遠くはなれたところにいるし、セト＝アポフィスの直接の支配領域のなかで再会するはずがない。

グッキーが足で地面を蹴る最後の機会がついにやってきた。平原のその場所にきたとき、ヘルメット・インジケーターは二十気圧をしめした。それだけでも最後のピースが特別な重要性を持つしるしだ。

赤い光が環状にひろがって視界をこえ、惑星グックロンをつつむ靄に拡大していく。ほかのフィールドを確実に網羅しながら、どこまでも……

「ハクン、クルダ、カハス、エルヴル、フゲウ、フグフル、ドグウィ、クーマ、ペグル、マシー」グッキーはお経のようにとなえた。「開け、ゴマ！　で、あんたの名前は？」

〈ウィヴォ！〉と、グッキーの意識内で声がはじける。平原が震動しはじめた。嵐が起きて、帆ははげしくあおられている。

〈ウィヴォだ!〉ふたたび心中に声が響く。〈われわれ全員で形成するのは……〉

それを聞いたグッキーは、石のように硬直した。

理性が受け入れるのを拒んでいる。

周囲の世界が沈みはじめた。

かれは身じろぎもしない。ツェロンが両肩をつかんで必死で揺すっても、どうにもならなかった。

「グッキー!」ツェロンはパニックにおちいって声を張りあげた。「全惑星にかけて、かれらはあなたをどうするつもりなんです? いったい何者ですか?」

ツェロンがそれを知ることはないだろう。世界像を粉砕してしまうものが存在するのだ。全宇宙を根底からくつがえし、守ってくれるヴェールを引き裂くものが。

グッキーがしたのは、まさにそのとおりのことだった。〝かれら〟に導かれて。

8

ハーク・タナーは目をこすった。もう一度それを見ると、生唾《なまつば》をのんで言葉を詰まらせた。

「あ、あ、あそこ！」

高くかかげられた搭載艇長の手は、複数の白い帆をさししめしている。正確な楔形フォーメーションでこちらに接近しつつあるが、肉眼ではまだなにも見えない。探知機が自動的にとらえたのだ。

乗員のひとりが話せる状態にもどったのは、しばらくしてからだった。はっとするほどの美貌を持つ宙航士フランソワーズ・ジリーがハスキーな声で、

「でも、二ダース以上あるわ！」と、告げた。

「ハイパー空間からきたんだろう」タナーが小声でいった。フランソワーズと同じく二十歳になったばかりのかれは、喉につかえた塊りをのみこんだ。「すごいな。しかも、どれをとっても《バジス》のそばを通過していったやつと同じくらい大きい！」

「ぴったり三十だ」技術者のドン・ウィリヤンが報告した。「大変だ、まっしぐらにこっちに向かってくる！　ハーク、激突されるぞ！」

搭載艇の通信装置からも、ほかの人々の興奮した声が聞こえる。

タナーは息をとめた。スペース＝ジェットの防御バリアを起動してぶじを祈るほかないことはわかっていた。白い帆を射撃しようなどとは、思いつきもしなかった。受信機から聞こえてくるのはジャニス・セルピオン部隊長の声だけとなる。

搭載艇の透明キャノピーから見える光景は、不気味ではあるが魅了されるものだった。十キロメートル四方もある帆がそれぞれ、驚くべき速度で接近してくる。それと比較すると、スペース＝ジェットは無に等しかった。

微小な付属物をつけた帆は、たがいにはなれて散っていくような印象をあたえる。しかし、それが目の錯覚であることをタナーは知っていた。帆どうしを隔てる距離がとてつもないのだ。

搭載艇十機にいっさい注意をはらわず、悠然とそのそばを通過していく。そのさい、白色で小孔のたくさんあるのは一面だけであることが、はじめて見てとれた。タナーのスペース＝ジェットの左側を通過したものについては裏面が見えたが、そちらは金色のフォリオにおおわれたように光り、まばゆい反射光があちこちに踊っている。その後、色はふたたび鈍くなった。帆の内部にあるなにかが金色の輝きを吸いこんだようにも見えた。

タナーはシートの向きを変え、幻想的な小編隊に目を向けた。帆の一団は、接近したときと同じ高速で遠ざかっていく。

ほんのつかのま、それらは巨大惑星の大気圏に突入するかに見えた。もはやカタストロフィは避けられまい……と思われたとき、光る四角形の帆はフォーメーションを解き、大きく減速した。

やがて、惑星グックロンの周囲に分散し、相対的に静止。

タナーは頭に浮かんだ思考を振りはらい、通信装置のキイをたたいた。

「ジャニス！」と、呼びかける。「ジャニス、なにを……いましたらいい？」

返答にしばらく時間がかかった。セルピオンはおそらくほかの搭載艇長八人からも同じ質問を受けたのだろう。

「まずは、考えなしに行動しないこと」しばらくして、やっと返答があった。「《バジス》には報告してあるわ。周囲を観察し、適切な指示があるまで勝手な行動はつつしむこと」

「そんなことしか思いつかないのかしら？」フランソワーズが憤慨していった。「まったくね、ジャニスの神経、うらやましいわ」

「きみにはもっといい提案があるのか？」

フランソワーズは曖昧《あいまい》なしぐさをしてから深く息を吸いこむと、眉を吊りあげてタナーを見た。

「あるわけないでしょう。でも、帆があらわれたのはどういうことか、察しはついているわ。行方不明になった白いカラスの救難信号を受けとって、それでここまできたのよ。あそこから救いだすために」

タナーはためらいがちにうなずいた。

「そうでしょう！」と、フランソワーズ。「だからちょっと考えてほしいの。グッキーとレスが行方不明の帆を発見して四苦八苦しているとしたら、どうなるか」

「つまり、かれらがまだ生きているとしたら、ということか」ウィリヤンが応じた。

＊

ネズミ＝ビーバーになにが起きたのか、レス・ツェロンにはわからなかった。やがて一時間が経過し、グッキーはふたたびからだを動かした。

「やれやれ！」マルチ科学者は安堵の声をあげた。

イルトがよろめく。短い脚がくずおれそうになるのを、ツェロンはすかさず支えた。

「解放されたよ」かろうじて理解できるくらいのかすかな声。グッキーは、ひと言話すのにも大変な労力を要するらしい。「ぼくら、白いカラスといっしょに宇宙空間にもどしてもらえるよ、レス。そうしたら……」

グッキーの言葉がやんだ。意識を失ったらしい。同時にふたりはなんらかの力につかまれて、赤く輝く地面から引きあげられ、帆と地面の中間くらいの高さでとまった。すると、白い帆の天井が割れた。巨大なナイフで切り裂かれたように、長さ数百メートルの亀裂ができたのだ。

ツェロンは頭上でなにが起きていようが、どうでもよかった。布切れに埋もれたくないという思いで頭がいっぱいだった。もう二度とごめんだ！

埋もれることはなかったものの、液体アンモニアの雨が降りそそいだ。地面の構造が違っていたら、ふたりともまたたく間にアンモニアの湖にどっぷりと浸かっていたことだろう。だが、平原は多量のアンモニアをとりこみ、赤い輝きはさらに光度を増した。それにより生じた光の屈折は不気味で威圧的だが、同時に超越的な美しさがあった。

けれども、そんなものを見てよろこんでいるひまはない。周囲に降ったアンモニアの雨が流れ去ると、こんどは帆の破片が降りそそいできたからだ。その瞬間にツェロンは、もはや宇宙空間を飛翔することはありえない、と、悟った。帆は失われた。だが、実際の白いカラスであるロボット・トルソーは失われていなかった。

トルソーは、グッキーを片腕にかかえたマルチ科学者に向かって浮遊してくる。なにが起きているのかわからないが、それでもツェロンは理解して正しい行動をとろうとつとめた。

グックロン生物の声が聞こえないのはなぜだ？　なぜ手を貸してくれない？

ツェロンがトルソー上部の円錐の下端に手をかけると、それが合図のように、かれのからだは平原から持ちあげられ、もとの高さにとどまる帆の断片をこえて上昇した。ほかの部分は、縁飾りのように下に垂れている。帆の厚さが五メートル以上あることを、ツェロンははじめて確認した。上面は金色に輝いている。

ツェロンはとっさに考えた。かれらはわれわれ二名が上昇できるようにしてくれた！　なぜ？　グッキーはかれらになにをあたえた？　代価はいったいなんだろう？

集合体とやらの構成要素を次々と発見することではあるまい。もっとべつのものが裏にあって、イルトの状態はそれと関係しているはず。だが、グッキーは依然として意識不明のままだ。これではいつまでたっても《バジス》にもどれないのではないか？

どうやら、思考するだけで謎の存在の反応が得られるらしい。輝きは弱まり、ツェロンは上昇しはじめた。しだいに速度が増していく。両手がふさがっているので重力装置を操作できなかったが、その必要もなかった。

上昇してはげしい動きのある層に突入すると、ツェロンとグッキーとトルソーの周囲に輝くオーラが形成された。嵐地帯や雷雨のなかを通過する夢幻旅行のあいだも、なにも起こらなかった。オーラによってあらゆるものから守られ、ますます上方へ運ばれていく。時間がとまったようだ。ツェロンはそのさい、進行速度や巨大惑星地表からの距離を把握しようとつとめた。

すると、黄色がかった靄が薄くなり、細かい霞のように四方に散った。

宇宙空間だ！

見慣れないM－82の星座を目のあたりにして、ツェロンは叫び声をあげた。しかし、じきに声は嗄《か》れ……複数の帆が目《ま》に入った。

第一の帆が動きだす。かれのほうを向いた面が金色に反射している。そこから宇宙のエネルギーを利用しているのだろうと推察された。帆は、恒星や重力フィールドからの放射をとりこんで反射させ、おのれのエネルギーに転換しているらしい。

だが、エネルギーが使われるのは前進のためばかりではなかった。鋭い光がはなたれたのと同時になにかが命中して、ツェロンの全身は麻痺した。考えたり見聞きしたりはできるが、指一本動かせない。それまで保護されていたオーラが消え、グッキーとトルソーがはなれていくのも気づかなかった。両手の感覚はまったくなくなっている。ところが、グッキーとトルソーが目の前を浮遊し、帆をめがけて進んでいくではないか！

帆はグッキーとトルソーを下から押しあげて傾斜し、巨大惑星はその背後に見えなくなった。

帆は、さしのばされた手のようにグッキー、ツェロン、トルソーを下から支えた。ツェロンにふたたび明晰な思考がもどったとき、二名と一体は多孔性の白い平面にハエのようにくっついていた。

事故にあった同族の救助活動といったところか！　と、かれは考えた。帆は、宇宙空間に待機する仲間たちに合流してフォーメーションを形成した。われわれを攻撃したのは、同族の運命に対する責任をとらせるためとしか考えられない！

編隊は加速し、惑星グックロンは複数の帆とその付属物の背後に見えなくなった。どこに連れていかれるのか、ツェロンは考えるのをやめた。

もしかすると、司令部のようなところか。そこにアルマダ炎があるのかもしれない。しかし、いまさらなんの役にもたたない。むしろ、とんでもない誤解のせいで、ペリー・ローダンのすべての希望がいっぺんに粉々になったように思われた。

かれらと意思疎通さえできれば！　グッキー、意識をとりもどしてくれ！

＊

帆のひとつが飛翔をはじめたのがもっともよく見える位置にあったのは、ハーク・タナーのスペース＝ジェットだった。三個のかすかな探知リフレックスに最初に気づいたのもかれだった。遠距離カメラの焦点距離をすこしずつ変えていくと、惑星グックロン大気圏の上方に思いがけずあらわれた三物体がかろうじて確認された。

「あれだ！　グッキーとレス……それと、帆にぶらさがっていたものだ！」

フランソワーズ・ジリーはスクリーンを凝視すると、口笛のような音をたてた。ドン・ウィリヤンも奇妙な声を洩らす。

「いったいどうなっている！」タナーは声を張りあげた。「帆はかれらを……手に入れた！　見えるか？　浮遊しながら接近している。通信してこないのはなぜだろう？」

「そうしたくてもできないから」フランソワーズがさとすように返答した。

タナーは心もとなくそちらに目をやりながらジャニス・セルピオンの指示を待った。フランソワーズが人を見くだすような態度をとるのはいつものことだが、このような切迫した状況で！　タナーがそれを毛嫌いしていると、彼女はよく知っているはず。

「どうすればいい？」かれは、興奮して質問した。

「指揮官はあなたでしょう、ハーク。ほかの艇長が事態に気づくまで待つこともできるけど、手遅れにならないかしらね」

決断を迫られ、タナーは冷静さを失った。三十の帆がふたたび編隊を組んで加速すると、もうひとつのことしか思いつかなくなった。リニア空間またはハイパー空間に逃がしてはならない！

若い宙航士は、フランソワーズが反応するより先に武器制御盤に手をかけた。インパルス砲からエネルギー・ビームが発射され、赤熱《せきねつ》しながら帆のひとつに命中。フランソワーズがかれの腕を制御盤から引きはなしたときは、すでに三発が発射され、巨大な四角い帆に黒い不気味な穴が生じていた。

「なんてばかなことを！」セルピオンの叫び声がスピーカーから響く。「もうちょっとましなことを思いついてもよさそうなものだわ！」

「グッキーとツェロンを救おうとしただけだ」タナーは弁解した。

「どうやらそれには成功したようね！　お見事ですこと、ハーク・タナー。かれらが交信に応じなかったら、神の慈悲を乞うことね！」

そういうが早いか、セルピオンは搭載艇のアンテナからアルマダ共通語によるメッセージを発した。繊細な表現にかまっている場合ではない。発射したのは誤解のためだったと断言し、償うためならなんでもすると提案した。敵対的な意図はまったくなかったので、ただもう理解してもらいたい、と。

返答を待つまでもなく、三十の帆は飛行をやめた。いくつかは、金色の面を一定の角度でななめにスペース＝ジェットのほうに向けている。エネルギー・ビームの命中した帆だけは、操作不能になったらしく、無制御にぎくしゃくと動いている。

そのとき、重力ショックが破壊的な力でスペース＝ジェットを襲った。

9

グッキーは一度だけ目をさました。

それは、ほんとうの意味での目ざめではなかった。むしろ、周囲の世界とおのれの存在を徐々に理解するのに似ていた。意識の暗闇に亀裂ができて、そこから光が入りこむような感じだった。

この弱々しい光だけがイルトの心を明るく照らし、見る、反応する、把握・分析するといったことをつかさどる部分を活性化していた。暗闇にかくされた部分は埋もれたままだ。かれにはこのとき、記憶のかけらすらなかった。

はかりしれない力へのおぼろげな感覚があって、そのおかげで見ることができた。いや、できることはまだほかにもある。

かれは、横にいるレス・ツェロンが見えるくらいまで頭をまわすことができたし、手を伸ばせばそのからだに触れることもできた。

すこしはなれたところで、ロボット・トルソーが帆にくっついている。

グッキーは、目に見える以上のものを見ていた。そのことを不思議に思わなかったし、不安にしろ好奇心にしろ、感情はいっさいいだかなかった。

操り人形のような状態といえるかもしれない。心の内に映像が生じて、その瞬間に宇宙で進行していることをすべて知り、理解していた。

三十の帆は、トルソーがついていた白いカラスに招集されたのだ。

グッキーはトルソーの思考をふたたび探ることができた！　四肢のないアルマダ作業工のなかで、あらたな生命がめざめている！

それは、ほかの白いカラスたちとコミュニケーションしていた。インパルスはいたるところから送られてくる。すべて、巨大な帆の付属物から発していた。

ひとつは射撃により深い損傷をこうむったので、仲間たちが急いで接近し支援している。目に見えないエネルギー流が帆から帆へと移動し、手負いの帆を支えていた。

スペース＝ジェット十機は最初の一撃を持ちこたえ、攻撃隊形を組んでいる。あの一撃は警告以上のものではなかったのに！　白いカラスのほんとうの力について、艇内では察知することすらできていない！

グッキーは、おのれの任務を理解した。行動しなくてはならないことや、ほんのわずかでもぐずぐずすれば過酷な激戦となりかねないことも知っていた。

いまならテレポーテーションできるとわかったので、片腕を伸ばし、アルマダ作業工につかまっているツェロンのスーツを手でつかむと、ジャンプした。

目標を目で見定めることはできなかったが、それでもジャニス・セルピオン指揮下にあるスペース＝ジェットの司令コクピットに再実体化した。

ツェロンのからだが床にどさりと落ちると、コクピット内の宙航士たちが振り向いた。グッキーの意識はふたたび暗黒につつまれかけていた。

「だめだ！」それだけいうのがせいいっぱいだった。こちらを凝視するセルピオンの口が開かれ、悲鳴が洩れる。イルトは暗黒にいま一度抵抗しながら、とだえがちにいった。

「攻撃しちゃだめ！　かれらは強力すぎる……それに……」

〈誤解なんだ！〉……その思考は声にはならなかった。最後の抵抗として、テレパシーによるメッセージを帆に送る。〈とんでもない誤解だよ！　もう攻撃しないで！　友よ！〉そこで、かれの意識はとだえた。

かすかな光は消え、グッキーの意識は非存在の待つ深みへと下降していく。そのとき、ささやく声があった。かれは、無感情にそれを受けとめた。

〈もう一度こうする必要があったのだ、ちび！　あとは自力で解決してくれ！〉

＊

いまやグッキーはツェロンの横に倒れている。ジャニス・セルピオンは、イルトが必死の思いで送ったテレパシー性メッセージのことを知らない。そのため、帆がいきなり向きを変えたのも、プシオン性レベルで誤解を解こうとする試みの結果だと解釈することはできなかった。目前の危険がとりあえず回避されたらしいとわかれば充分だ。

グッキーとツェロンが出現したときは、すでに各艇長へ発砲命令を出したあとだった。ただし、予想される敵の追撃があった場合に麻痺砲で迎撃せよ、という内容だ。この武器にはたして効果があるかどうかは、あやぶまれたが。

セルピオンは、意識不明の二名の世話をするより先に、宙航士たちに状況を説明した。帆は驚異的に加速し、もときた方向へと矢のように飛び去った。

「《バジス》に報告して」セルピオンは通信士に命じた。「ここで待つべきか、それともすぐに帰還すべきか、質問するのよ」

「待つ？　なにをです？」

と、問いかえす通信士には答えず、グッキーのほうに身をかがめた。男ひとりに手伝ってもらい、サヴァイヴァル・スーツを脱がせる。ネズミ＝ビーバーの眉を指で吊りあげ、彼女は身を震わせた。むきだした白目が血ばしっていたのだ。

「かれらがなにを体験したのか、知るのが恐い気もする」彼女は小声でいった。「そうする意味がまだあればだけど、治療が必要だわ。ここでは無理だから」それから急にからだの向きを変え、「通信はつながった、ダン？」

そのとき、ツェロンがからだを動かした。

目を開き、虚空を見つめている。サヴァイヴァル・スーツを脱がせてもらい、やっとからだを自由に動かせるようになったらしい。セルピオンはかれを支えて自席に導いた。

「帰還していいそうです！」通信士が告げた。その報告はセルピオンの耳に入らなかった。ウェイロン・ジャヴィアの声だけが、はるかかなたからのように聞こえてくる。

ツェロンはセルピオンの腕にすばやく手をかけ、かぶりを振った。と、苦痛のためにからだが折れ曲がった。

「帰還だって！《バジス》にもどるのか？では、トルソーを手に入れた？」

女指揮官は、つかんだマイクロフォンを押しやった。

「トルソーって、なに？レス、いったいなにが……？」

「それはあとだ。グッキーがなにを体験したのかわからないし、だいいちあそこでなにがあったのか、わたしはいっさいおぼえていないんだ。わかっているのは、白いカラスを発見したことと……」セルピオンは、ツェロンの苦痛がおさまるのを待った。「それがアルマダ作業工のトルソーだったこと！そのなかに、なにか生物がいる」

「あなたたちといっしょに惑星大気圏からやってきて、帆に捕らえられたものね？」

「まだあそこにくっついているはず。あれが白いカラスだったんだ。だが、なにもおぼえていない！なにかが光るのを見たあと、麻痺させられた。その後、グッキーがわたしを連れてここにテレポーテーションした」

それを聞いても、セルピオンにはどうするべきかわからなかった。この宙域をはなれるのは間違いだ、と、なにかが彼女に告げていた。だが、理性は即座に帰還するようもとめている。グッキーは助けを必要としている。謎めいたトルソーは、三十の帆とともに視覚的捕捉から消えてしまった。ツェロンの言葉を理解できる者がいるとすれば、ローダンかテレパスのロイド、タウレク、あるいはハミラー・チューブだろう。

彼女が命令を出そうとした矢先、ツェロンが背を伸ばして宇宙空間をさししめした。

「帆がひとつ、もどってくる！　ちょっと待ってくれ！」

実際、ひとつの帆が隊形をはなれるのが探知機により確認された。星々を背景にまず白い点があらわれ、しだいに大きくなるとともに四角いかたちをとり、やがて搭載艇部隊の上方で相対的に静止した。巨大かつ崇高だ。

付属物がふたつ、ついている。

「アルマダ作業工が二体」ツェロンがささやいた。「これはなにを意味するのか？」

「通信をキャッチしました。アルマダ共通語です！」

「スピーカーをオンにして！」セルピオンはすぐに命じた。聞こえてきたのは、奇妙に甲高い声だった。

「きみたちは何者で、なにを望んでいる？　トリイクル9の状態に対して責任があり、無限アルマダにここまで追跡された未知者は、きみたちなのか？」

「話させてくれ！」ツェロンはいい、マイクロフォンを手にとった。あいた手で額をぬぐい、ほんのつかのま、正しい言葉を真剣に探した。

いまや、あとひとつきわめて微細なミスでもおかせば、とりかえしのつかないことになる……この夢幻的な邂逅《かいこう》に居合わせた宙航士全員が、この瞬間にそう感じていた。

「どうか聞いてほしい」ツェロンはきわめてゆっくりと、各音節を強調して話しはじめた。「そのとおり、無限アルマダに追跡された未知者はわれわれだ。しかし、トリイクル9の状態に対する責任は、われわれにはない。アルマダ内で白いカラスと呼ばれているのがあなたたちなら、われわれ、話し合いを切に願っている！　そのため、こちらの宇宙船のそばを通過した個体を追跡したのだ。話し合い、交渉したい。それだけだ」

「なんの交渉か？」

失うものはない。ツェロンは率直にいった。

「アルマダ炎についてだ！　われわれは、あなたたちの持つアルマダ炎を必要としている！」

完全な沈黙。呼吸する者すらない。ジャニス・セルピオンは自問した……ツェロンの大胆な試みにより驚いたのは、白いカラスと自分のどちらだろうか、と。

しばらくして、やっと返事がかえってきた。

「アルマダ炎の代価は高い！　きみたちの命をわれわれが大目にみることを、ありがたく思うといい！」

「待ってくれ！」ツェロンは叫んだ。帆は傾斜し、遠ざかっていく。「待ってくれ！　それについて、話したい！」

「こちらに興味を失ったようね」セルピオンは冷静に判断した。

帆は加速して遠ざかり、虚無に消えた。

「誓ってもいい」ツェロンは苦々しげに、「あのトルソー二体のうち一体は、われわれが救ったものだ」

と、いい、同時に心中で訂正した……いや、われわれではない！

「かれらにそういうべきだったのに」と、セルピオン。

「かれらは知っているか、あるいは知らないのか」

成果のない憶測をしてもはじまらない。セルピオンは《バジス》への帰還を命じた。

＊

だれかが肩に手を置いたように感じて、ツェロンはうわの空で振り向いた。背後に立つ人物がだれかわかったとき、はじめてわれにかえった。

「ペリー」暗い表情でいった。「あなたがくるのが聞こえませんでした。わたしは司令コクピットで……」

「もういい、レス」ローダンは表情を変えずに相手を制止した。真剣さと気づかいのこもった視線はマルチ科学者を素通りして、傾斜角度をたえず変化させる楕円形の反重力プレートに向けられている。拘束フィールドで固定されたイルトのからだに数十のプロジェクターが設置され、さらに多数の小型ゾンデが、意識不明のネズミ＝ビーバーの周囲でかすかな音をたてて浮遊していた。脳の活動と身体機能をしめす曲線が、ずらりとならぶスクリーンにうつしだされている。

「ジャニスが詳細に報告してくれた」ローダンがいった。「グックロンでの体験について、きみが話したこともふくめて」

「それは体験したことの一部ですらありません。惑星にはなにかが……もしくはだれかがいたはず。白いカラスと直接関係のない記憶がすべて失われるなんて、ほかに理由は考えられないでしょう？　グッキーだって、なにもされなければ健康でいられたかもしれない……」

「グッキーはショックを受けている」ハース・テン・ヴァルが言葉をさしはさむ。「ただ、かれがいまも精神的負担を負っているとはかならずしもいえないと思う。恐ろしい体験への記憶からなる持続的な負担のことだが」

「だったら、なんだ？」ツェロンは不機嫌にいいかえした。

アラスはおちついている。

「われわれ、かれに意識をとりもどさせるためにあらゆる手をつくしたのだ。だが、一度として反応しなかった」

ハース・テン・ヴァルのチームには、《バジス》が動員できる医療専門スタッフほぼ全員がそろっている。かれらは一様に、とほうにくれた表情をしていた。

「グッキーがここにきて、すでに四時間たつ」と、ツェロン。「わたしはずっとかれといっしょだった。かれの状態はずっと変化していない」

「頸筋の毛皮からこれをとりだしました」テン・ヴァルは、ローダンのてのひらに微小な球をのせた。「精神科で使用するマイクロ分析装置ですが、細工されています」

ローダンには、それがだれのしわざなのか、わかる気がした。ラス・ツバイがいれば、なにか聞けたかもしれない。だが、テレポーターはフェルマー・ロイドや宙航士十数名と同じく行方不明だ。

搭載艇が帰還すると、ローダンは救助された二名にかまわなかった。《バジス》内がくまなく捜索された。オク・ミュッペルハイマーの行為に関する情報は全乗員にあたえてある。だが、異種族心理学者は消息を絶ったままだった。

その状態はずっと変わりなかった。

意外なことに、ハミラー・チューブからの報告が入るまでは。

「細工の一部はわたしがやりました、サー」ポジトロニクスはローダンに語りかけた。「一部というのは、ほかにもひとり関係者がいるからです。悪童オリーは、グッキーが死亡するようなことになった場合、わたしにそれを知らせるつもりだったようですが。このゲームには、ここで終止符を打つべきでしょう。オリヴァーが自白を記録しはじめた瞬間にわたしが知ったことも、あの子にはわかっているはず。わたしの目に入らないものはありませんから。それでも、いまのところだれからも見られていない、と、オリヴァーが思いこむままにしておきました。ある種の教育的理由からです」

ローダンは、声の発せられてくる医療センターの壁をじっと見つめた。

「どういうことだ、ハミラー？　オリヴァーの姿が見えなくなってからというもの、ウェイロンが口にするのは息子のことばかりだった。悪童オリーもミュッペルハイマーに連れ去られたと考えて、全乗員、気が変になるところだったのだぞ。なのに、きみはかれの居場所を知っていながら教えなかったのか？　まったく、ハミラー、ゲームとはなんの話だ？　そんな冗談を聞きたい者はひとりもいない！　いますぐにも……」

「おそれいりますが、船内が通常の状態にもどるよう、すべて手配ずみです、サー。オク・ミュッペルハイマーについてはすぐにミュータントが連行してくるでしょう。かれの犠牲者といわれているほかの人々は、危害を受けていません。もうしばらくご忍耐いただければ、サー、やむをえなかった必要性の背景についてご報告します。そのために、わたしのほうも通常外の手段を必要としたので」

「つまり、きみがすべてに一枚嚙んでいたということだな？」ローダンは激怒している。「ハミラー、さしせまって必要なアルマダ炎を得るチャンスを失うだけではすまなかったかもしれないのだぞ！」

「わたしがいうのは、やむをえなかった必要性と、乗員を保護するためにどうしてもとらなければならなかった手段についてです。ゲームのルールについては、他者から強いられたので」

「グックロン生物から？」ツェロンがすかさず口をさしはさむ。

だが、答えを受けとるより先に、ラス・ツバイがオットカール＝ゴットリーベ・ミュッペルハイマーをともなって医療センター内で実体化した。

ローダンの怒りは異種族心理学者に向けられたが、ミュッペルハイマーが自分の行為の意味を自覚していないことも察していた。とはいえ、ハミラー・チューブにはいまのところ、これ以上アプローチできそうにない。それに、ハミラーがいいかけた報告については、むしろ知りたくない気がした。

「ミュッペルハイマー！」と、どなりつける。ローダンに見つめられ、不運な男はさらに身をちぢめたようだった。「ラスを見るかぎり、きみの犠牲者たちは元気らしいが、例外が一名いる！」

「わたしが聞きたいのはただひとつ、きみがグッキーになにをしたかだ」

ローダンは、分析装置を瘦せぎすの男の目の前に突きつけた。

ミュッペルハイマーは目を閉じた。

「この装置は完全に無害です。わたしはただ、白いカラス・ヒステリーについての情報を得ようと思っただけでして」

「ヒステリーとはな！　白いカラスは実在する！」

ミュッペルハイマーのからだがびくっと震え、それから硬直した。

両目が大きく見開かれ、やがて細まった。

かれは、ローダンに片手をさしのべた。

「ペリー、ちょっと、わたしについてきていただけますか？」

ローダンは跳びすさった。すぐ横にある麻酔プロジェクターが目に入ったので、ミュッペルハイマーにバーを振りおろし、

「ハース、作動させろ！」と、大声でいった。

麻痺したミュッペルハイマーのからだをツバイが受けとめ、診断用ベッドに運ぶ。

「かれになにがあったか、突きとめてくれ」ローダンはアラスに指示した。「ラス、わたしを司令室に……」

「ペリー、わたしは……」

「もう一度いわせていただきます、サー」ハミラー・チューブの声だ。「悪童オリーによると、オク・ミュッペルハイマーは、ほんとうの意味でシグリド人のアルマダ炎の犠牲者です。アルマダ炎にネガティヴ反応をしめすのは百万人にひとりですが、かれがそうなのでしょう。船内のシグリド人を分析するためにアルマダ炎を見つづけるうち、ヒュプノ暗示にかかり、自分が周囲とのコミュニケーションに障害を持っていると思うようになりました。そうではないことを証明しようと、白いカラスについて話す人々をすべて分析するようになったんです。もう一度強調しますが、グッキーの分析装置が性格の変化を生じさせたのは、わたしが装置のプログラミングを変更したからです。悪童オリーのいたずらはなんの影響もありませんでした」

「グッキーは狼人間になってしまった」アラスは確信している。「これからどうなるのだ？」

ローダンは威圧的に一瞥《いちべつ》し、ツバイの手をとった。

「納得のいく説明がほしいものだな、ハミラー！　グッキーが目ざめなければ、その必要もないが！」

ツバイがローダンとともに司令室にジャンプすると、乗員たちはすでにローダンを待っていた。事態は次々と進展しはじめていた。

10

ウェイロン・ジャヴィアは、ひどくみじめな思いで自席にいた。いきなりあらわれた白い帆がスクリーンに堂々たる大きさでうつしだされたが、それもなぐさめにはならなかった。

ペリー・ローダンはラス・ツバイからはなれ、司令室内を概観しようとつとめた。サンドラ・ブゲアクリスは、デネイデ・ホルウィコワとともに無限アルマダ内の交信をチェックしている。ジェルシゲール・アンは興味深く白いカラスを見つめ、ジェフリー・アベル・ワリンジャーは惑星グックロンについての最初の評価を提示している。タウレクの姿は見あたらない。

よりによってそのことが、ペリー・ローダンにとってはもっとも不思議だった。帆が目に入ったが、とくに期待はしていない。白いカラスに協調の意志がどのくらいあるかを知るには、ジャニス・セルピオンの報告で充分だった。

「なんらかのメリットがあれば、白いカラスはもどってくる」と、アンがいう。

どのようなメリットなのか？　ローダンは疑問に思いながら、

「オリヴァーはぶじだ」と、ジャヴィアに告げた。「ハミラーのいうことはわたしにもよくわからないが、きみの息子は良心がとがめてかくれているらしい。メリットとはどういうことだ、アン？」

リウマチのかすかな兆候を感じたのか、シグリド人はうめき声を洩らした。だが、微動だにせず、

「知ってのとおり、かれらは商人だ、ペリー・ローダン。それに、かれらは忘れることがないといわれている……よきにつけ、あしきにつけ」

ローダンは、あまり期待しないようにした。前回は手痛く失望させられたから。そろそろ主導権を握りたいものだが。

ラスに任務をあたえ、アルマダ作業工のトルソーをすばやく船内に持ちこませようか。そう考えていると、五十キロメートルほどはなれたところにいた帆が減速し、傾斜した。宙がえり飛行をしたものの、こちらに接近する気はないらしい。

ローダンはツバイに合図した。しかし、言葉をかけるより先に、デネイデが声を張りあげた。

「こちらに送信しています！　注意！」

通信士はハイパー通信装置のスピーカーのボリュームをあげた。澄んだ声が全乗員の

耳にはっきりと聞こえた。

「アルマダ炎がほしいとは！　それよりも、アルマダ工廠《こうしょう》の近辺にいる宇宙船四隻の面倒をみるといい！」

帆は向きを変えて光点となり、やがて虚無に消えた。

デネイデはわけがわからないというように、

「これで終わりらしいわ。どうしたらいいんです？　警告かしら？」

「われわれがもとめたのは助言ではない」ジャヴィアが低い声でいった。「アルマダ炎だ！」

ローダンには、白いカラスがいっそう謎に思われた。

なぜ、こちらの宇宙船のことを知っている？　われわれが僚船を発見し、憂慮していることを？

「アルマダ工廠とはなんだ、シグリド人？」と、アンにたずねる。

ジェルシゲール・アンが制御盤で身を支えているのが、このときはじめて目にとまった。アルマディストははげしく興奮しているようすで、目が奇妙な光を帯びている。いいしるしとはいえなかった。ちいさな隆起である鼻が小刻みに震えている。

「警告だと？」アンは、やっとのことで言葉を発した。「警告をはるかに超えるものだ、テラナー！　あなたたちの想像を超えるものなのだ！　宇宙船四隻がアルマダ工廠にあるとすれば、望みを捨てたほうがいい」

「わたしの見た巨大構造物……あれがアルマダ工廠だったのか」ツバイがささやく。

ローダンは、アンのからだを自分に向けた。

「アルマダ工廠とはなんなのだ?」さらに強い調子で質問をくりかえす。

シグリド人の表情からなにかを読みとるにはまだほど遠いとはいえ、その視線にローダンは戦慄をおぼえた。そこには驚愕と不安と同情があらわれている。

「くわしいことは知らない、ペリー・ローダン。ただ、わたしの知識だけをもってしても、アルマダ工廠と深くかかわろうという気にはならない。それは、グーン・ブロックのような、無限アルマダ全般に共通する物体や技術を製造する作業場なのだ……そこにはアルマダ工兵がいる」

「アルマダ工兵じたいも技術の産物か?」

「理性を持ち、命を失いたくないなら、アルマダ工兵にはかかわらないことだ。かれらは狡猾《こうかつ》で、知識と能力があり、無敵とされている。〝オルドバンの息子〟とも呼ばれる」

アルマダ中枢の息子……

「きみたちが警告と呼んだものは」アンはいいそえた。「仲間を助けてもらったことに対する白いカラスの寛大な処置だ。賢明な策としては、宇宙船の件は忘れてアルマダ工兵には立ち向かわないこと。これまでにないほど強大な相手となりかねない。無限アルマダのどの部隊よりも危険かもしれない」

オルドバンがいずれは連絡してきて、アルマダ部隊に対して指示をあたえるだろうと、アンは確信していた。だが、それを口にするのはひかえた。

べつの見方をすれば、〝オルドバンの息子〟という呼称は、ある運命的な意味を持つ。まさにそのことがペリー・ローダンを挑発した。おのれの決定がなにを引き起こすことになるか、この時点では予測すらできなかったが、宇宙船四隻の消えた乗員はみな、それぞれ不安と希望と夢を持つひとりの人間なのだ。ローダンはふいに、各乗員への責任感をいやがうえにも強く感じた。

「白いカラスがすすめたとおりの行動に出る」かれは決然と告げた。「すでに多大な時間が失われた。ウェイロン、アルマダ工廠に進攻する出動グループを編成してくれ。グックロンでなにがあったか、また、われわれにとってさしせまった危険があるかどうかわかりしだい、わたしが指揮をとる」

ローダンは思った。白いカラスはこれを能力テストとみなすかもしれない。あるいは、アルマダ炎の代価として要求するものがこれかもしれない。

ジェルシゲール・アンはやめたほうがいいと懇願し、かれのひかえめな性質が許すかぎり、ローダンに決定を変更させようと努力した。だが、その甲斐はなかった。

ジャヴィアは命令を理解したものの、うなずいただけだった。このときかれの注意は、司令室に駆けこんできた息子に向けられていたから。オリヴァーは泣きながら身を投げてきた。

グッキーはほんとに死んじゃうの、と、悪童オリーが訊くと、ハース・テン・ヴァルが告げた。

「たったいま意識をとりもどしたよ」

オリヴァーは一瞬で泣きやみ、

〝ぼく、約束したことがあったんだ!〟と、フォリオになぐり書きした。

グッキーは昏睡に似た状態からさめたものの、オリヴァーの悩みがなくなったわけではなかった。イルトは譫妄状態にある、と、フェルマー・ロイドが報告したのだ。

「医療センターだ、ラス」ローダンはテレポーターにいった。「すべてを知る必要がある!」

「真実の一部だけしか知らないほうがいい場合もあります、サー」ハミラー・チューブの声だった。

「黙れ、ブリキ箱!」ジャヴィアが銀色の操作盤にどなりつけた。

*

医療センターを訪れたフェルマー・ロイドは、意識不明のイルトからテレパシーにより秘密の一部を引きだすよう指示を受けていた。かれは、いいニュースと悪いニュースをローダンにもたらした。

いいニュースは、すでに報告があったとおり、グッキーが昏睡からさめたことだ。反重力プレートにうずくまり、うつろな目でじっと虚空を見つめている。

悪いニュースのほうは、オク・ミュッペルハイマーが逃亡したことだった。麻酔の効果が弱まったことをかくしていたらしい。ハース・テン・ヴァルおよび医療スタッフ全員が床に倒れていたことから、かれのやり口は明らかだった。

「自分は白いカラスだ、と、叫びながら通廊内を走り、じゃま者をかたっぱしから麻痺させています」ロイドがいった。「そのために、どこかで個体バリアを調達したらしい。ハミラーができることをしてくれないようなので、医療ロボット十数体にオクを追わせました。まもなく制圧するでしょう」

「グッキーのようすは？」と、ローダンはたずねた。「まだ話せる状態ではないようだが」

「頭のなかで夢想していますね。ところで、オク・ミュッペルハイマーの問題はそうあっさりとかたづけるわけにはいきません。かれの芝居がかった言動は、乗員たちを不安にさせます。狼人間に対して不安を感じる多くの人々を、隔離室に連れていきました。

ハースと同じようなことを主張する数名のせいで……」

「グッキーの考えていることを教えてくれ、フェルマー！」

ロイドは肩を落として椅子に腰をおろした。

「ペリー、こんなことがあるなんて。グッキーの意識には壁があって、通過できないんです。でも、かれが自分でブロックしているわけではないし、そうする力も持たない。意識に壁をもうけたのは、レスの記憶を消した者と同一だとしか思えません。だれに出会ったかわかっているのに、すぐにまた忘れてしまう。表面的なことしかわからない。グッキーは自分がとるにたりないと感じているんですよ、ペリー！　ものすごくちっぽけでつまらない存在だと……想像できますか？」

それは、実際に想像のおよばないことだった。

「グッキーがおぼえているのは次のことです」フェルマーがいった。「惑星大気圏内でなにかによって地表に引きおろされたとき、白いカラスを発見した。その〝なにか〟は十一の構成要素からなり、全体で集合体を形成している。十一の名前はハクン、クルダ、カハス、エルヴル、フゲウ、フグフル、ドグウィ、クーマ、ペグル、マシー、ウィヴォ。グッキーは集合体の名前も聞いたはずですが、ここが記憶の限界らしい」そこでロイドはためらってから、「ペリー、わたしがかれから読みとれるのは〝感じ〟だけですが、どうもその集合体はあなたと関係しているようです。もしかすると、われわれ全員とかもしれない」

「冗談をいっている場合ではない、フェルマー」

「冗談？　グッキーは、これ以上思いだすことにいいようもない不安をいだいているんですよ！　かれを見てください！」

グッキーはからだを震わせ、いまにも倒れそうなほど揺れている。周囲には無関心なままだ。

「この十一の要素ですが」フェルマーはつづけた。「二千年前にはわれわれに似た生命形態だったようです。滑稽に思われるかもしれませんが、われわれと一種の共通点があります。なぜか、どのようにか、と訊かれてもわかりませんが。かれらはあるとき、現世は成就したと考えて集合体となることにし、より高い生命形態を得るのに成功した。純粋な精神力となって、時空を支配することを学んだのです。笑ってください、ペリー。でも、かれらは二千年かけて宇宙を駆けめぐり、自分たちが正しかったことを知ろうとしたんです！」

ローダンは額にしわをよせた。司令室にもどったほうがよさそうだ。すくなくとも、このようなばかばかしい話を聞かされずにすむ。

だが一方では、フェルマーの精神状態が思いやられた。

「正しかったとは、なんのことか？」かれは、テレパスの言葉を受けることにした。

「すべてについてです！　かれらは……」ロイドは、自分にはどうにもならないというしぐさをした。「これはグッキーの思考であって、わたしが考えたわけではないのですが、かれらは未来を予見していました……あなたやわたしの、そして全人類の未来を。かれらが今日《こんにち》まで生きてきた目的は、予見のとおりになったと確認することにあった。だから、われわれを待っていたのです」

　ローダンは片手をあげた。

「待ってくれ！　かれらがグックロンでわれわれを、つまりグッキーを待っていたのは、われわれがあらわれると前もって知っていたから、ということなのか？」

「グッキーはそう考えています。わたしはもちろんセト＝アポフィスのことに思いいたり、超越知性体がすべてを演出したのではないかとも考えました。ですが、かれらはセト＝アポフィスの出現も予見したというので、その可能性は除外されます。かれらは精神的満足を得るために、われわれを待っていた。それは、進化の次のステップのために必要なようです。グッキーがかれらを満足させたかどうか、われわれが知ることはないかもしれない。いずれにせよ、グッキーの考えによれば、満足させたと祈るしかありません。さもないと……」

「さもないと？」ローダンは訊きかえした。

「さもないと、かれらは全構想をくつがえすかもしれない」

ローダンは眉ひとつ動かさず、ロイドの肩に手を置いた。

「きみたちの話をもっと理解できる者にきてもらおう、旧友。もしや、グックロンの集合知性体が〝それ〟かもしれないと考えているのではあるまいな？」

「超越知性体ですと？」ロイドはぎょっとして声を高めた。「まさか！」

「では、なんだと考える？」

「なにか規定外のものです。タマネギ・モデルに組みこむことのできないもの。われわれより前に存在したもの……」

「きみたちのところへだれかを行かせる」ローダンはくりかえした。「この船内にまだ分別のある者がいればの話だが」

該当する者はいた。しかし、なぜグックロン知性体が時空を超えて、よりによって自分の手に鍵を握らせたのかを、かれが知ることはなかった。

11

シェリー・W・オガートは、かれらの〝呼び声〟を聞いた。でも、なんのことかわからなかった。〈この宇宙船を正しいコースに導いてくれて感謝する、旧友よ！〉という思考メッセージを、受けとった瞬間に忘れてしまったから。シェリーはテレパスではない。生徒たちの精神状態を、その作文から逆推理するのに長《た》けているだけだ。テレパスではないのにメッセージを受けとり、そして忘れた。だが潜在意識には、ある名前と肩書、それから任務に関する知識がのこっていた。

かれが知っているのは任務だけ。それは、ふだんの訂正作業や資料整理や授業などではなく、崇高で意義のあるものだった。

まず、オク・ミュッペルハイマーのところへ行かなければ。シェリーは武器を調達し、インターカムを傍受する。探すべき場所はじきにわかった。

〝白いカラス〟は、大型動物の狩りをする格好で会議室にいた。周囲には麻痺させられた男女二十数名が横たわり、会議室の入口はすべて医療ロボットおよび多目的ロボットに包囲されている。シェリーはミュッペルハイマーが麻酔ガスにつつまれるのを、かろうじて防ぐことができた。ロボットはなにかを感じたのか、わきにしりぞいた。

シェリーが歩みよると、ミュッペルハイマーは目を細め、

「わたしは白いカラスだ！」と、カラスが鳴くような声でいった。「わたしが飛ぶようすを見よ！」

かれは両腕を上下に動かした。右手に持つパラライザーが、鉤爪のある羽のように見える。

「わたしはカラスの王者だ！」と、シェリーは応じた。「オク、ぜんぶで十一だな？」

ミュッペルハイマーは腕をおろした。

「きみは十一のアルマダ炎を見たのだ、オク！　わたしが呪縛を解いてやる！」

シェリーがなにかを空中に投げると、天井のすぐ下に球電十一個が生じた。それは室内にひろがっていき、輝きを増してむらさき色になる。魔法は数秒後に消えた。

ミュッペルハイマーは、すべてが終わってからもずっと空《くう》を見つめている。

「ここは……どこだ？」かなりしてから、やっとたずねた。

「白いカラス！」と、シェリーはためしにいってみた。相手は奇妙な顔つきをして、

「それがどうした？　聞いたことはあるけど。見つかったのか？」

オクはこのときようやく、自分が個体バリアにつつまれ、パラライザーを手にしてい

ることに気がついたようだ。ひどく驚いたようすで武器を置き、バリアをオフにする。

単純きわまりない逆暗示が功を奏したらしい。シェリーは、ミュッペルハイマーがまた自己分析をはじめてあらたなカオスを引き起こす前に、その世話をロボットの手にゆだねた。

それから司令室に足を向ける。

悪童オリーがその姿を見たとき、逃げるにはすでに遅かった。シェリーはかれの襟首をつかみ、おだやかだが有無《うむ》をいわせぬ力で、ハミラーの銀色の操作盤のほうに引っ張っていった。

ペリー・ローダン、ワリンジャー、ウェイロン・ジャヴィアほか数名の乗員は、両脚を開いて立つ船内情報管理者を唖然として見つめた。シェリーはいきなり司令室にやってきて、困難な状況を解決するのがあたりまえのようすなのだ。

ローダンは心もとなく咳ばらいをしたのちに、

「きみがここにきた理由を教えてもらいたい」

「自分にもよくわかりませんが、じきにわれわれ全員が知ることになるでしょう」シェリーは肩ごしに応えると、声を張りあげた。「ハミラー！　話のつづきを！」

「ぼくにいわせてもらえば、この人、ぼくの過ちをみんな洗いだすんだろうな！」オリヴァーは頭から湯気をたてている。

「あなたの行為を正当化するものはなんですか、ミスタ・オガート？」ポジトロニクスの声だった。

シェリーは首をかしげた。

「自分にもわからないんだが。待てよ、たぶんキイワードが必要だ……〝最初の父、カート・バーナード〟だったかな？」

「またしてもミュッペルハイマーの餌食《えじき》になったようですね」ツバイがローダンの耳にささやいた。「《クレストⅡ》の首席主計官のことでしょうか？」

いずれにせよ、シェリーの潜在意識からふいに飛びだしたのが、まさにこの名前と肩書だったのだ。

全員が驚いたことに、ハミラー・チューブは即座に返答した。

「〝かれら〟が乗員のなかにいる媒体を通してわたしに許可をあたえることは、知っていました」ポジトロニクスは語りはじめた。「いまの時点において、かれらはもはやM－82にもこの宇宙にも存在しません。より高いレベルへの道が開かれたのです。わたしがかれらのメッセージを受けとったのはグッキーとミスタ・ツバイが最初の飛翔に出る前でしたが、メッセージが文書のかたちになったのは、かれらが消える直前のこと。かれらは〝時の主人〟なのです」

ローダンは一歩踏みだし、脅すようにひとさし指を突きだした。

「ハミラー、一度でいいから明白に表現しろ！」

ポジトロニクスはそうした。

＊

「……というわけで、かれらはわれわれを待っていたのです」と、ハミラーは結んだ。フェルマー・ロイドがすでに話した内容だ。司令室内は考えこむような沈黙に満たされ、ときどき人々の口から〝そんなことがあるものか！〟と、声が洩れた。

ポジトロニクスの話はつづく。

「白いカラスが惑星グックロン大気圏に墜落したのは、それにつづいて起きた出来ごとと同じく、偶然ではありませんでした。かれらはテレキネシスで白いカラスを捕らえたさい、あなたがミュータントを投入することも知っていました、サー。この邂逅にグッキーがそなえられるよう、わたしが分析装置を細工したのです。装置は一種のフィードバック効果により、グッキーの精神力を受けとったのち、強化してかえしました。かれのポジティヴ面とネガティヴ面の両方が増強されたといえます。ただし、グッキーがふだんみごとに抑制しているネガティヴな要素のほうがポジティヴなものより強くあらわれることは、予想できませんでした。ハルト人の衝動洗濯に相当する狼人間状態が生じたのは、そのためです。分析装置を細工した意味と目的は、イルトに充分な精神力を持たせることでした。かれらに記憶を消されるまでのあいだ、真実と出会ってそれを克服できるだけの精神力を。ちなみに、かれらのはからいによって、ネガティヴなフィードバックおよび狼人間状態はもう起こりません」

「理解できない」と、ジャヴィアがいった。「重要なことを知らされたのに、それをまた忘れたのでは、なんにもならないではないか？」

「それを知識として持つのは、人間には耐えられないからです、サー。しかも、かれらにはそうした知識がたくさんあります。グッキーとの邂逅は、われわれと同じくかれらにとっても重要なものでした。かれらは、知識を授ける前にグッキーをテストし、その意識内容を通して人類の発展および進んできた道についてのヴィジョンを描いたのです。それにかれらが満足しなかったなら、現在《バジス》も銀河系船団も存在していないはずです」

「すべてそのとおりだとして」と、ローダンはいったが、すこしもそう思っているようには見えなかった。「きみの役目はなんだったのか？」

「グッキーの精神力を強化することのほかには、《バジス》側からの影響をことごとく絶つことでした、サー。そのため、船内に騒ぎが起こるようはからうとともに、すでに起きていた騒ぎを終わらせるための手はいっさい打たなかったのです。その意味で、本人は知りませんが、ミスタ・ミュッペルハイマーをサポートしました。グックロンにおける邂逅を、ミスタ・ツバイやミスタ・ロイドが妨げたりじゃましたりする機会を得ることは許されなかったので」

「それでもやはり無意味ではないか、ブリキ箱!」ジャヴィアがうなるようにいった。

「その十一名だが……元来の存在形態は人間なのか?」

「残念ながら、サー、あなたがそれを知ることはないでしょう。あなたはかれらになにかをあたえた。かれらのほうも、あなたには想像がつかないくらいたくさんのものをくれました。かれらのメッセージをお伝えします。それと同時に、わたしはグックロンおよびかれらに関する情報をすべて記憶バンクから消去します。ひとつアドヴァイスしましょう。乗員たちの不安をしずめるため、最後はグッキーとレス・ツェロンふたりだけで白いカラスを救出した、と、説明することです。そして、あなたたちはすべてを忘れること。どのみち理解できないのですから」

「メッセージを、ハミラー!」ローダンは要求した。

＊

船内総力でスタート準備にあたっているときも、ペリー・ローダンは物思いに沈み、メッセージの意味を把握しようとつとめていた。メッセージをメモしたフォリオを手にとり、じっと見つめる。

未知存在はハミラー・チューブに影響をあたえたばかりか、《バジス》内の出来ごとにも作用した。シェリー・W・オガートもそうだし、メンタル安定人間でありながらオク・ミュッペルハイマーのヒュプノ暗示にかけられたフェルマー・ロイドやラス・ツバイもそうだ。

いくら憶測しても、なにも得られない。かれはもう一度フォリオの内容を読みあげた。

「われらはやってきて、われらが成し遂げた仕事の成果を目にした！　これで心おだやかに成就への高みを見いだすことができよう。感謝する。元気で暮らし、すでに決められた道をこれからも進むのだ。グッキーには悪く思わないでもらいたい。この瞬間にはふたたび元気になっているだろう」

ローダンはフォリオをまるめ、そばにあるコンヴァーターに捨てた。ハミラーのいうとおり、忘れるしかなさそうだ。

前方に目を向け、アルマダ工兵と、それについてのジェルシゲール・アンの言葉に思いをはせる。かれらは無限アルマダの構造において、どのような力を持っているのか？　遭難船の乗員に対して、なにをしたのか？　武力衝突を避けることは、そもそも可能なのか？　問題はアルマダ工兵だけではない。周囲のアルマダ部隊とのコミュニケーションも、憂慮されるほどに増加している。ポジションが変更されたのだから。

なのに、われわれはアルマダ炎を持たない！

白いカラスがふたたびあらわれて交渉のかまえをしめした場合、なにを提供すればいいのか？

陰鬱な思考からわれにかえったのは、グッキーが再実体化したときだった。

「ちっちゃな狼人間がもどったわ！」サンドラ・ブゲアクリスが笑う。悪童オリーはすり泣きながらイルトの毛皮に身をよせた。

グッキーは、適切な返答をいいかけて、のみこんだ。ちょうどこのときデネイデ・ホルウィコワが報じたから。

「帆がふたたび接近してきます！　こちらに交信しています！」

「われわれ、のちにきみたちのもとへ行く！」帆が見えたのと同時に、澄んだ声がスピーカーから響いた。その声は、驚く乗員たちにこう告げた。「われわれになにを提供するつもりか、それまでに考慮しておくこと！」

白いカラスは早くも方向転換し、星々のなかに消えた。ローダンははじかれたように立ちあがってマイクロフォンを引きよせたが、いくら呼びかけてももはや返事はなかった。

「むだです、ペリー」と、ジャヴィア。「いずれにしても、かれら、われわれと交渉するつもりらしい」

そうだ……と、ローダンは思う。だが、まずはアルマダ工兵にとりくめといってきた！　なぜだ？

「そいつはぼくがなんとかするぜ」グッキーがいった。えらそうな口調は、すっかり前と同じだ。「アルマダ炎を手に入れるんだ。その代価としてなにをあっちにあたえるかってことも、わかってるさ」

グックロンに関する記憶は、意識から抹消されたらしい。それについてはひと言も触れず、衰弱したようすもない。

「それはなんです？」サンドラがたずねた。

イルトはハミラー・チューブの操作盤に近より、片脚を振りあげた。

「頭のいかれたハミラーめ！　オクを利用して、ぼくの毛皮のなかにこんなもんをつけさせたのさ！　狼人間だって！」

思いきり操作盤を蹴る。と同時に悲鳴をあげ、足を引きずりながら後退した。まもなく乗員のひとりがかわいそうに思い、膝に抱きあげた。

「乗員たちはおちついています」ポジトロニクスが告げた。「グッキーは白いカラスを救ったのです。狼イルトになったのではなく、ミスタ・ミュッペルハイマーの実験でほんのすこし気が散ったにすぎません。かれはわれわれの輝かしい英雄です。これで満足して許してくれますか、もと特別将校グック？」

グッキーはにんまりとして一本牙をむきだした。と、赤い液体がそこから流れ落ちた。

男女数名がすばやく跳びのく。

「いい加減にしろよ！」イルトは叫ぶ。「トマトをかじっただけさ。それくらい、いいだろ？」

ローダンはにっこりしたが、すぐに真顔になる。

《バジス》はスタートの準備がととのい、惑星グックロンのエピソードは忘れられた。

銀色の影

H・G・フランシス

登場人物

ペリー・ローダン……………………………銀河系船団の最高指揮官
アルカー・クウォーン…………………………《フロスト》船長
ソクラト・カルティシス………………………《フロスト》副長
ミルトン・ルーカス……………………………《フロスト》乗員。コンピュータ技師
ピット・コルネット
　　（マイクロキッド）……………同乗員。コンピュータ設計士
ハリス・ボストン（豚頬肉）……………同乗員。コンピュータ専門家
マット・デュランテ……………………………《パーサー》船長
ヘンリー・シーマ………………………………《オサン》船長
ボルト・ポップ（ピッピ）……………………《ロッポ》船長
ショヴクロドン…………………………………アルマダ工兵

1

〝マイクロキッド〟という別名のあるピット・コルネットは、みんなから見えるように
と見張り場所をはなれ、右手をあげた。

「やってくる」セラン防護服のマイクロフォンにささやき声で告げる。

特務コマンドのほかのメンバー七名は無言だった。かれらは、アステロイドの岩の背後でアルマダ作業工が罠にかかるのを待っている。

〝銀色人〟はわれわれの首尾に満足するはず、と、マイクロキッドは考えた。このあだ名がついたのは、かれがコンピュータ専門家で、マイクロチップの設計に特化しているからだ。

ただし、この宇宙空間滞在はコンピュータ部品の開発とはいっさい関係ない。謎めいた銀色人の依頼を受けて、アルマダ作業工の捕獲にあたっているのだ。依頼者について

はなにも知らなかった。正体も外見もわからない。一度だけ出会ったことがあるものの、ほんの一瞬だったので、銀色の影しか見えなかった。

それでもマイクロキッドは銀色人のために戦っている。テラ製コグ船三隻……《パーサー》、《オサン》、《ロッポ》……とカラック船《フロスト》の乗員である、ほかの多数の男女と同様に。

アルマダ作業工は、迫りくる危険を感じたのか、罠の二十メートル手前で相対的に静止している。アステロイド表面の二メートル上方に浮遊するメタル製の罠から、青色の光が点滅しているのが見えた。

マイクロキッドは、岩の隙間の暗闇にからだを引っこめた。さっきまでかくれて待っていた場所だ。

アルマダ作業工に見られたのか？

ありえない。ほかのことで懐疑的になったのだろう。からだの内部でなにかが痙攣《けいれん》するようにこわばるのが感じられた。ふいに恐怖に襲われ、どうすることもできない。それまで一度も感じたことのない感情は、マイクロキッドの決断力を萎《な》えさせた。

撃たれる！

これでおしまいだ……

からだが麻痺し、呼吸もできないほどだった。すると、ふいにロボットがゆっくりと進みはじめた。奇蹟のような気がした。

麻痺感は生じたときと同じくすぐに消えたが、恐怖心はなくならなかった。かくれ場をはなれ、岩からからだを軽く突きはなしてロボットを追う。それは、険しくそびえる岩角の向こうに消えた。

罠にかかるぞ！　マイクロキッドの心が躍る。

聞こえるのは自身の呼吸だけ。仲間の呼吸は聞こえなかった。全員、テレカムをオフにしてあったので。

岩に溶接した金属支柱数本のそばを通過し、戦闘位置に達すると、ターゲットがふたたび視野に入った。構造圧縮コーポン繊維のネットがアルマダ作業工の上からおりてくる。

「これでもう逃げられまい」ソクラト・カルティシスがハスキーな声でいった。かれはおちついた優越感をもって特務コマンドを統率している。

副長はなにがあっても動じないようだ……マイクロキッドは感服した。

かれは、はなれた場所に立つ、上背のあるソクラト・カルティシスに目を向けた。セラン防護服のヴァイザーが鏡面になっているにもかかわらず、相手の顔が見えたような気がした。高く秀でた額と黒く太い眉、力強い鼻、シニカルな光の宿る褐色の目、ぶあつい唇。なんの苦もなく女をなびかせる風貌だ。それが男たちの嫉妬をあおる。

カルティシスがネットを金属支柱に固定し、仲間たちも活動をはじめた。だが、スタートが遅かった。アルマダ作業工が、胴体にある角ばったグーン・ブロックを作動させる。それは想定内だったし、把握アームと触手アームの使用に対しても準備はしていたが、ロボットの胴体から飛びだした二本の針には不意をつかれた。マイクロキッドはアルマダ作業工のセンサーを無力化するため、すかさず上方に跳び、アンテナ二本にプラスティック物質をスプレーした。そのとき、ロボットのわきを攻めかかったハリス・〝豚頬肉〟・ボストンのヘルメットに、針二本のうちの一本が命中。それは、セラン防護服のヴァイザーを貫通するかに思われ、ボストンははじかれたように後退した。とくに勇敢とはいえないかれは、これを機に岩棚から半分ほど突出した装甲ハッチの背後に身をかくした。もう一本の針はマイクロキッドの胸すれすれを通過し、かれはぎょっとしてからだを横に向ける。

よけずにいたら貫通するところだった。

アンジェロ・ペスカの行動はのろかった。かれの任務は、ブラスターの光学照準を遮《しゃ》蔽《へい》してアルマダ作業工が発射できないようにすること。ところが、かれがプロジェクターの上から上体を曲げたとき、きらめくエネルギー・ビームが発射された。

まぬかれるすべはなかった。

次の瞬間、アルマダ作業工は勢いよく垂直に上昇しはじめた。ソクラト・カルティシスの両足すれすれのところで分子破壊ビームがネットを切断し、ロボットは完全に解放された。

「逃げられた！」マイクロキッドは思わず叫んだ。「ちくしょう」

ネットのなかに身を投げ、ロボットを倒そうと全力を振りしぼったが、相手のほうが強かった。触手アームで押しかえされ、からだがなすすべなく回転して遠ざかる。

「あきらめろ」と、カルティシス。「もう無理だ」

マイクロキッドは転がるからだをとめてセラン防護服の反重力装置を最大値にセットし、アルマダ作業工めがけて高速で上昇しはじめた。

ふいに疑問を感じた。自分はなぜ豚頬肉のように行動しない？　引きさがっていればいいものを。

恐怖感はまだあったし、エネルギー・ビームに直撃されて死んだペスカの姿が目の前にちらついている。それでもなおロボットに襲いかかり、速度をうまく利用することに成功。アルマダ作業工に体当たりし、ネットにつかまったまま振りまわした。

「つかまえたな、マイクロキッド！」カルティシスが興奮する。「さ、みんな手伝え。豚頬肉、武器を置け！　銀色人があれを無傷で手に入れたいのは知っているだろう」

ほかの男たちはアルマダ作業工に跳びかかった。ロボットははげしく腕を振りまわし、ますます深くネットに絡まっていく。

「わかってます」ハリス・ボストンは弁解するようにいい、「発射するつもりはなかったんですから」

「カルロス？」カルティシスはいまいましげにいった。「まったく、どこにいるんだ、カウンター・パンチャーを持ったままで」

「かっかしないで、ソクラト」カルロス・モンタテスはおちついて、「ここにいますよ」

モンタテスはこの不格好な武器を、銀色人から直接ではないが、わたされていた。それをアルマダ作業工に向けて発射。目に見えないエネルギー・フィールドがロボットのボディに達し、奥にかくされた通信装置の機能をとめた。アルマダ作業工どうしが通信に使うものだ。

「手遅れでなければいいが」と、ハリス・ボストンがいった。

「心配ない、豚頬肉」モンタテスが応じた。「まにあったさ」

かれらは、もはや弱々しく抵抗しているにすぎない獲物を拘束した。こうして、ロボットは損傷することなく戦闘不能にされた。

ハリス・ボストンは事故死したペスカのところに浮遊し、紐をつないで医療ステーションまで引いていけるようにした。虚無空間に目を向けると、青くきらめく星々の凝集帯からさす光のもと、接近してくるアルマダ作業工二十体がはっきりと見えた。

「こっちにくるぞ！」ボストンは叫んだ。「カウンター・パンチャーをくりだすのが遅すぎたんだ、カルロス」

ほかのメンバーのところまでもどり、

「ロボットを解放するしかなさそうだ」

「あわてるな、豚頬肉」カルティシスが応じた。「すぐに手ばなすために獲物を捕らえたとでも思っているのか？」

カルティシスは、ボストンの警告を深刻に受けとめていない。それでも、接近しつつあるアルマダ作業工が目に入ると、退却を命じた。

「ロボットは連れていく。急ぐんだ。追いつかれないように」

＊

アルカー・クウォーンはペーパータオルで顔を拭《ふ》くと、濡れた紙をまるめてごみ容器に投げ入れた。それから、朝の身じたくをじゃまする男を不承不承に眺めた。

「なんの用だ、ミルトン？」と、いい、急いでシャツを着る。「まだ朝食もとっていないのに」

ミルトン・ルーカスは壁に背をもたせ、腕を組んでいる。かれの高い額はなめらかで、目は黒い。一・五三メートルという身長にもかかわらず、かかわりのある人々全員から一目おかれている。かれの風貌には有無《うむ》をいわせない威圧感と優越性があるのだ。

「ロボットの言葉を信頼してこの先も未知者のために仕事しつづけていいものかどうか、決定していただきたい」コンピュータ技師はいった。「つまりですね、数時間先を見越して考えるべきでしょう。起きることをすべて受け入れるわけにはいきません」

そのとき、システム分析家のテレンス・ベインが朝食を運んできた。

「特別にお持ちしました」と、いって顔をほころばせ、船長のそばにトレイを置く。

「すまない、テレンス」アルカー・クウォーンは、ふたたびルーカスとふたりだけになるのを待ってから、「いったい、なんのことか？」と、質問した。

「乗員たちは腹をたてています」コンピュータ技師がいった。「狩りに行くのはもういやだと」

クウォーンは水をひと口飲んだ。はじめて聞く話ではない。かれは宙航士たちの心情について理解していたし、状況が険悪化していることも知っていた。

陰影のはっきりしたクウォーンの顔だちは、農民を思わせる。赤い両頰は戸外で長時間をすごしているような印象をあたえた。濃紺色の目からは相応の知性と感情移入能力がうかがわれる。宙航士・航法士というだけでなく、サイバネティカーでもあり、もとジャーナリストでもある。中背で小太りの頑丈な体格だ。クウォーンが笑うのを、ミルトン・ルーカスはまれにしか見たことがない。生まれはオーストラリアのメルボルン近郊だということだ。妻と息子がいる故郷に帰りたいと願っている。クウォーンにとって家族は大きな推進力なのだ。銀河系船団のなかでのこっているのは《フロスト》、《パーサー》、《オサン》、《ロッポ》の四隻だけらしいという主張がかれの胸にひどくこたえたのも、おそらくそのためだろう。

「行きたくないのはもっともだ」クウォーンは、朝食をすこし口にしてからいった。「かれらを責めるわけにはいかない」

「人的損失も出ているのですよ」ルーカスは告げた。

クウォーンは、持ちあげたカップを置き、目を細めた。

「なぜそれを強調する？　わたしが知らないとでも？」

「限度というものがあるからです」

「なにがあった？」

「ジャネット・ピーコックひきいるグループがもどってきました。アルマダ作業工五体を捕獲し、すでに引きわたしたそうですが、乗員三人が死亡したんです」

クウォーンはトレイをわきに押しのけた。もはや食欲はなかった。「三人も？」ショックを受けたようすで訊きかえす。「銀色人と話さなければ」

「潮時でしょうね」ルーカスは応じた。「じつのところ、船長がこれまで自分の意志を通さなかったほうが不思議です」

　クウォーンは額にしわをよせ、非難の視線を技師に向けた。

「きみはもうおとなしくなったものと考えていたが」

「わたしがあなたの立場なら、そんなに安心していられませんね」

「なにがいいたい？」

「われわれのような高度技術を有する人間が奴隷仕事に動員させられるなんて、尊厳にもとるというものです。アルマダ作業工の捕獲とは！　話になりません」

　クウォーンはうなずいた。

「基本的にはきみのいうとおりだ。だが、それでもおとなしくしたほうがよかろう」

　ミルトン・ルーカスは拒絶的な笑みを浮かべた。

「どういうことです？　友たちが命を落とすそばで指揮官が無為無策というのは」

「出ていけ、ミルトン」と、船長。「でないと、わたしのべつの側面を見ることになるぞ」

　コンピュータ技師は、いきなりブラスターを手にとった。

「ここにきたのはあなたを殺すため」と、おさえた声でいう。「あなたは、われわれ全員にとって危険だ。指揮官にさせてはいけなかったんだ」

　クウォーンの顔から血《ち》の気《け》がうせた。たくましい小柄な男は、かれが考えていたよりずっと強靭《きょうじん》だったらしい。いまや自分の命は風前の灯火だ。ミルトン・ルーカスは、はったりをいう男ではない。

奇妙なことに、その日がNGZ四二六年六月十六日というのがクウォーンの頭に浮かんだ。ミルトン・ルーカスとの対立がはじまったのは、ちょうどひと月前の五月十六日。カタストロフィの翌日だった。そのとき《フロスト》はM-82銀河にいるのを確認したのだ……ほかのすべてのテラ船から遠くはなれて、無限アルマダの各部隊からわずか数光分のポジションに。

2

話はNGZ四二六年五月十六日にさかのぼる。

アルカー・クウォーンはすでに二十四時間近く《フロスト》司令室に詰めていた。状況は絶望的に思われた。カラック船は赤い一惑星の周囲を、円軌道を描いてめぐっている。無数の岩塊と氷塊がリング状に惑星をとりまき、船はそのなかに埋もれていた。

ミルトン・ルーカスが司令室に入ってきたとき、なにか異変があった、と、クウォーンは感じた。

「話があります」コンピュータ技師はいい、司令室内の複数のスクリーンを見あげた。そこから、《フロスト》の現状が明白に概観できた。無限アルマダの無数の宇宙船がほのかに光る帯を形成し、その末端は見えない。赤い惑星はたくさんの黒い層におおわれ、有機生物が存在している観がある。星形の巨大な構造物が、深紅色の背景にぼんやりとうつっていた。

「いいたいことがあるならいってくれ」船長は応じた。

ルーカスは司令室内の要員たちをちらりと見て、

「われわれふたりだけの問題なので」と、答えた。

クウォーンは聞きまちがえたかと思った。無数の思考が頭に浮かんでは消える。ミルトン・ルーカスを困惑させるようなことが起きたのかとも考えたが、思いあたるものはない。コンピュータ技師が自分と話したい理由がわからなかった。

「そうか。それならば……」

かれはルーカスをともなって自室キャビンに行き、一瞬考えてからウィスキーをすすめた。ほんのすこししかのこっていなかったが、格別にうまい酒で、それまでだれにもすすめたことはない。だが、いまはルーカスを元気づける必要がありそうだ。なにかしら心の重荷があるのだろう。このやり方で自分が敵ではないと知らせるのもいいかもしれない、と、クウォーンは考えた。

コンピュータ技師とは、過去に何度かはげしく対立していた。かれにとってはつねに重要な問題で、ルーカスも自分と同じ理由から真剣にとりくんでいることを疑いもしなかった。

ルーカスは礼をいってグラスを受けとり、ウィスキーをすこしずつ口にふくんでは舌にしみこませた。

「用件に入ってもらえるか？」クウォーンは、指先で目の上を何度か押さえた。疲労がたまっていたので、会話をできるだけ早く終わらせたい。

ルーカスはすぐ横にあるスクリーンをさししめしたが、それは暗く、なにもうつっていなかった。

「赤い惑星の地表に施設があって、そこにコンピュータが多数あります」

「星形の構造物か？」

「ええ、そのことですが」

「それがどうした、ミルトン？」

「ご存じのように、船内にはコンピュータ専門家が数名いますが、全員あれがとても気になっているんです。《フロスト》で赤い惑星に着陸し、あの施設を調査したいと考えています。巨大コンピュータではないかと思われますが、もしそれが確認できれば、テラナーがこれまでに宇宙で得たもっとも価値の高い発見となるんですよ」

アルカー・クウォーンはかぶりを振った。

「問題外だ、ミルトン。われわれは目下のところ、べつの諸問題をかかえている。当カラック船は事実上、無限アルマダ内に固定されていて、銀河系船団のほかの艦船と交信できない状態にある。われわれのすべきことはただひとつ、なんとしてでも船団を見つけだすこと。そのために、この宙域から脱する機会を待っているのだ。それ以外の行動はとらない」

「それは間違いです。われわれ、赤い惑星に着陸し、構造物を調査します」

アルカー・クウォーンは笑みを浮かべた。

「ウィスキーが頭にのぼったか？」

ミルトン・ルーカスはにこりともしない。その目は焦点を失っている。

「あのコンピュータを見ずにここを去るようなことは、させません」

「もう充分だ、ミルトン」船長は立ちあがった。しかし、かれの期待に反して、技師は立とうとしない。

「すわってください、アルカー」技師は低い声で応じた。「なぜ、われわれの意図に合わないことをさせようとするんです？」

これほどまでに不敬な態度に甘んじるつもりはない。クウォーンは相手をキャビンからほうりだそうかとも考えたが、感じるところがあったので行動にはうつさなかった。

「なにをいっているのか、さっぱりわからん」

ルーカスは頭をあげて船長を見た。クウォーンは、相手が口髭《くちひげ》を生《は》やしていることにはじめて気がついた。

かれには似合わない、と、思った。

「あと十秒で話を打ち切る」

「アルカー、わたしは耳にしたことがあるのですよ。世にいう〝ウェアハウス事件〟について……正確には詳細情報NC＝三二＝三二」

クウォーンは腰をおろした。

「なんのことだ？」かれの顔は蒼白だった。

「すべて説明しなくちゃなりませんか？」と、ミルトン・ルーカス。「なんのことか、あなたにはよくわかっているはず。当時、著名ジャーナリスト数人がこの事件にあたっていて、あなたもそのひとりでした。かれらは権力と贈賄《ぞうわい》と着服にまつわる汚いビジネスを暴《あば》いた。あなたが提供したのは詳細情報ひとつだが、それでも重要な意味を持つものだった。ただ、あなたはそのさい、個人的な動機から法を犯したのです。たんに、ある投機においてウェアハウスの関係者から一杯食わせられたという理由で」

クウォーンはいきなり年をとったように見えた。気分も悪い。ルーカスの話はほんとうのことだった。かれは数年前、ある邸宅に不法侵入して金庫から情報を盗んだ。邸宅は施錠されていなかったし、金庫の保安コンピュータはオフになっていたので、たやすいことだった。だが、それにより法の敷居をこえたのだ。

「あなたのしたことを乗員たちに話せばどうなるか、おわかりいただけたようだ。われわれがふたたび銀河系船団に合流したあかつきには、あなたは船長の地位を解かれるとともに、べつの面でも明白な決定にしたがうことになる」

「きみは下劣だ、ミルトン」

技師は、驚いて相手の顔を見た。

「なぜです？　自分の知っていることを話したから？」

「わたしを脅迫するつもりだな」

「そんなことをしても意味がないでしょう、アルカー。あなたを破滅させることに興味はないんですから」

「失せろ。さもないと、どうなるかわからんぞ」

ルーカスは腰をあげ、船長が興奮する理由がわからないというように、頭を左右に振った。ゆっくりとドアの前まで行き、足をとめて振り向く。

「マイクロキッドや豚頬肉、そのほかの仲間をふくめ、すばらしいチームにしてみせますよ。数週間もあれば未知コンピュータを解析できると考えています。まったく、アルカー、これほどの収穫物を銀河系船団に持ち帰れる指揮官はほかにいませんよ」

かれは笑みを浮かべ、からだの向きを変えてキャビンを出た。

アルカー・クウォーンは肘かけ椅子に身を沈めた。空虚感が襲う。人生唯一の暗い部分については、たびたび考えたもの。あのとき直面した境界線をこえたことを、すでに何度も後悔していた。

だが、いまどうするべきかは、わからなかった。

《フロスト》乗員におのれの違法行為を知らせるわけにはいかない。知れば、かれらははげしく反応し、すぐに自分と距離をおくにちがいない。

しかし、《フロスト》および乗員に対する全責任は自分の肩にかかっている。それに、現状ではいかなるリスクを冒すことも許されない。船長を辞任して、副長に責任をゆだねるわけにはいかないのだ。ソクラト・カルティシスは有能だが、向こう見ずなところがある。あの男に船長の座をゆずるつもりはなかった。

それは乗員に対してフェアじゃない。さらなる諸問題を生むことになるのだから。

ミルトン・ルーカスに譲歩すべきだろうか？

探知される危険は、惑星地表もここも変わりあるまい。だが、ミルトンの考えが正しいとしたら？　あそこのコンピュータが、われわれにとってほんとうにセンセーショナルな発見だとしたら？

ミルトン・ルーカスをはじめとするコンピュータ専門家たちの気持ちは理解できる。異星のコンピュータが目の前にあって、このようなチャンスは二度と訪れないだろうことを知っているのだから。

報道に関する例の問題については、しかたあるまい。必要な情報を得るまで手をゆるめることはできないのが人間だ。

かれをやり場のない怒りで満たしたのは、その手口だった。ミルトン・ルーカスに脅迫され、身を守るすべもなかった。当時の自分の行為をルーカスがどのように知ったのかわからない。ジャーナリストの内輪のサークルにしか知らされなかったはずなのに。最初から知っていたにちがいない。おそらくテラをスタートしたときから。自分のようすを探りながら、待っていたのだ……ちょっとした仕返しで圧力をかける機会を。

＊

「ろくでなしめ」アルカー・クウォーンは、数時間後にふたたびかれのキャビンを訪れたミルトン・ルーカスにいった。

「子供っぽいやりとりはやめましょう」コンピュータ技師はおだやかな口調でたのんだ。

「感情的になったのでは前に進めない。あなたを困らせるつもりはないんです」

「もう七年も前のことだ」

「わかっています。あなたは三十二歳で、フリーのジャーナリストだった。あなたが入手したのは、それ自体は重要に見えなくとも、全体枠のなかでは決め手となる情報でした」

「わたしがそういう手に出なければ、当事者は罪を問われることもなかっただろう」

「もういいです」ルーカスは相手を制するしぐさをした。「その話をするためにきたんじゃない。あなたは現行法に違反した。でも、そのことには興味ありません。わがチームが欲しているのは、惑星のコンピュータです」

「ほかの者たちは、わたしのしたことを知っているのか？」

「あなたがかれらに反対する決定をした場合、知ることになります」

クウォーンにはコンピュータ専門家たちの気持ちが理解できた。解決すべきちいさな問題はいくつかあっても、高度な専門能力を要するものではない。かれらはものたりないのだ。カラック船内の生活が平穏すぎて欲求不満になり、おのれの知的能力を使いたくてうずうずしている。鍛えあげたアスリートがからだを動かして筋肉に負担をかけたいのと同じように。船内手段だけでは解決できない精神的問題だった。

「罪を犯した人間とは、だれもいっしょに仕事しませんよ。大昔とは違いますから、アルカー」

「わかった、ミルトン・ルーカス」船長は頭をさげた。「赤い惑星に着陸しよう」

「どれくらい滞在しますか？」

「それは、これからなにが起きるかによる」

「そうだろうと思っていました」

「《フロスト》がアルマダ艦により危険にさらされるか、あるいは銀河系船団が付近にあらわれた場合、任務は終了する」

「作業の途中でやめるわけにはいきません」

「きみたちがコンピュータをすっかり解体するまで《フロスト》を惑星に釘づけできる

と思ったら、大間違いだ。何カ月もかかるかもしれないのに、待つことはできない」

「合理的に考えてください、アルカー。われわれが……」

「わたしがあたえるもので満足しないならば、すぐにスタートする。さ、出ていけ」

ルーカスはからだの向きを変え、内心ほくそえんだ。交渉の結果には満足だった。アルカー・クウォーンは、コンピュータ専門家からなるチームが最高に胸の躍る作業をしている途中でスタートできると、ほんとうに考えているんだろうか？

「着陸はいつです？」

「きみがわたしの前から消えしだいだ」

ルーカスは上唇の上の伸びかけた髭をそっとなでながら、キャビンをあとにした。これでもう確実だ。アルカー・クウォーンは譲歩した。この決定によって罪を認めたことになる。

これで船長も以前ほど自由に行動できなくなるだろう。すくなくとも、わたしに配慮しないわけにはいくまい。

技師の背後でドアが閉じると、アルカー・クウォーンは衛生キャビンに行き、シャワーを浴びた。最初は皮膚が火傷《やけど》するかと思うほど熱い湯をからだにかけ、次に氷水に切り替えた。息がとまるかと思ったが、じきにからだは冷水に慣れ、数分間浴びつづけたのち、やっとさっぱりした気分になった。

司令室に着いたときには、成功することに慣れた自信あふれる男……おのれに疑問をいだいたことなど一度もない男の姿を呈《てい》した。

かれは、乗員を呼びよせて決定事項を告げた。

「いまのところ、テラ艦船は付近に存在しないようだ」乗員に報告する。「希望をいだかせるハイパー信号はこれまで一度も受信していない。おそらく、M－82に漂着したのはわれわれだけなのだろう。あるいは、ほかの艦船はここから交信できないほどはなれたポジションにあるのかもしれない。この状況においては、われわれは戦闘力が微小であることを考慮しておとなしくふるまい、機を待つのが最良策だと考えられる」

「頭を引っこめるってことですか？」と、アンジェロ・ペスカが訊いた。

「そのとおり。だが、無為に時間をすごすつもりはない。赤い惑星にコンピュータをそなえた施設を発見した。状況が許すかぎりにおいて、このコンピュータを調査する」

「でも、いったいなぜ？」ペスカは興奮して声を高めた。「ほかの宇宙船を探さないのはなぜです？　かならずどこかに……」

「わたしの命令について議論はしない。遂行するのだ」指揮官は相手をさえぎった。

「わかったか？」

異議を唱える者はなかった。敵の勢力が圧倒的なために目だつ行為は避けなければならない状況だったことも大きい。

ミルトン・ルーカスが頭を垂れ、片手で唇をなでるようすを、クウォーンは見つめた。よろこびで唇が震えるのをかくす動作だとかれは確信していた。

司令室に集まった乗員が退室し、操縦にあたる専門家だけになると、船長はスタート命令を出した。カラック船は、対探知の楯であるリングを脱して降下し、まもなく赤い惑星の大気層に入った。しばらくしてミルトン・ルーカスが司令室にもどってきたが、クウォーンは気にとめなかった。

気づかわしく探知装置に目を向けるが、警戒をうながす表示はない。ちいさな宇宙船はアルマダ艦に気づかれることなく着陸した。そこは、謎めいた施設のすぐそばにある岩の峡谷だった。

「ここなら安全です」と、ソクラト・カルティシス。「探知されることはまずないでしょう」

「いつ出発できますか？」ミルトン・ルーカスがたずねると、

「一時間後だ」と、船長は応じた。

ルーカスは抗議したかったが、クウォーンはとりつくしまもなかった。強気に出すぎるのはよくないので、命令にしたがうことにして司令室を出た。最初の施設調査に向かうチームを組むために。

ルーカスがチームのメンバーとともにエアロックの前で出発合図を待っていると、思いがけずクウォーンがあらわれた。メンバーと同じく、赤い惑星地表の高温から身を守る軽防護服を着用している。

「すでに提示された分析によると、空気はきれいで呼吸可能らしい」船長は説明した。

「未知の危険な微生物は発見されなかった。それでも呼吸フィルターを使ったほうがいい。ここの環境がわれわれにとって最適だとは思えないから」

フィルターを口にあて、エアロックを開く。

「あなたもいっしょに行くんですか？」ルーカスは意外に思った。

「いいではないか。船長が同行してはまずいことでもあるのか？」

「いいえ、とんでもない」コンピュータ技師は、あわてて返答した。「でも、なぜ？」

クウォーンは無言で笑みを浮かべ、思った。

ルーカスのやつ、動揺している。自分を脅迫したものの、いまになってその結果を恐れている臆病者なのだ。

焼けるような熱風が前方から吹きつけてきた。

「ひどいな」ハリス・ボストンが低くうめいた。「この暑さ、殺人的だ」

「すぐに慣れるさ、豚頬肉」コンピュータ設計士のマイクロキッドが笑う。「ビールさえ飲みすぎなきゃ、暑さが身にこたえることもないのに」

「黙ってろ」豚頬肉は赤い草地を進んでいく。「最後にビールを飲んでからどれだけたつか、知ってるだろう。《バジス》スタートの前だぞ」

マイクロキッドは反重力装置を使い、峡谷の切りたった岩壁を浮遊しながらのぼっていく。ミルトン・ルーカス、カルロス・モンタテス、ソクラト・カルティシス、アンジェロ・ペスカ、アルカー・クウォーンがそれにつづいた。

「またビールの話か！」と、ペスカ。「な、この地面にはどんな葡萄《ぶどう》が育つと思う？誓ってもいい。ここに長く滞在することになったら、きみたちがわが子に夢中になって話すような植物を栽培する。子供ができればの話だがな」

「そんな時間はないさ」と、ルーカスが応じた。「われわれがここにきたのは、発見したコンピュータを解析するためだ。忘れたのか？」

アンジェロ・ペスカは諦念のため息をついた。

「きみの朝食にマイクロチップをひとつかみ、混ぜるといいかもしれない。だけど、きみはそれに気づきもしないだろうな。どのみち頭のなかはコンピュータでいっぱいなんだから」

一行は岩壁上部のへりを浮遊してこえ、反重力装置をオフにした。赤い花の咲く藪が、峡谷のはしから謎めいた施設をかこむなめらかな壁までつづいている。壁は二十メートルの高さだった。

大きな角と長い胴体を持つ白い動物が藪から飛びだし、奇妙に跳躍しながら逃げていった。コウノトリに似た鳥が悠然と歩み去り、木々の葉のなかからは耳慣れない威嚇《いかく》的な物音が聞こえる。しかし、動物はたくみに木の葉《こは》のあいだにかくれているらしく、男たちの目には見えなかった。

マイクロキッドは施設の壁をさししめして、

「入口のようなものがあるかな。長時間、探さなくてすめばいいのだが」

かれの青い目は赤い惑星と奇妙な対照をなし、この世界に属さないものに見える。からだのそれ以外の部分は惑星の色に順応していた。藪や草地から反射する光で防護服もほのかに赤く光っている。

「もちろんある。もう見えている」

ソクラト・カルティシスがそう応じ、すぐに駆けだした。分子破壊銃で藪を切りひらき、施設の壁の手前で足をとめた。二本の黒いラインが壁に縦にはしっている。

「いろんな可能性がありそうだな」と、ハリス・ボストンは呼吸マスクを下に引っ張り、タオルで顔の汗をぬぐった。幅のせまい額、よりぎみのライトブルーの目。かれのあだ名は、張りのある赤みがかった頬のためだ。

「これが入口だよ、豚頬肉」カルティシスが応じた。「ほら、切りこみがある。これがずれるんだ」

壁に触れることなく、ひとさし指でラインをなぞる。

「残念ながら、わたしにはわからなかった」アルカー・クウォーンがいった。

ミルトン・ルーカスはにっこりした。

「だいじょうぶですよ、アルカー。その必要もないし、専門家からなるチームがきていますから。まかせてください。こうした問題を解決したくてうずうずしてるんです」

船長は高さ二メートルほどの石に腰をおろした。チーム・メンバーと周囲のようすがよく観察できる場所だ。

「思うぞんぶんにこれととりくむのが楽しいなら、とめはしない」

コンピュータ専門家たちは船長のことを忘れたようすで、見るからに興奮して任務にあたっている。

サイバネティカー、宙航士、航法士を兼ねるアルカー・クウォーンは、自分ではコンピュータについてかなりの知識があると考えていた。ところが、いま専門家八人の会話を聞いていると、理解できる言語がわずかにあるにすぎない。専門家の話す内容はほとんどわからなかった。

いや、そんなはずはない。かれらがいまもなおドアの開け方について討議しているのかどうかだけでも知ろう。そう考えていると、ドアが分かれて内側に開いた。ミルトン・ルーカスとチームのメンバーは驚くようすもなく、なにごともなかったようにそれまでの話をつづけながら施設に足を踏み入れた。

　クウォーンは、コンピュータ専門家たちにつづいた。施設内部は不気味な赤い光に満たされ、かれは自分がひどくちいさな存在になったように感じた。巨大コンピュータの内部に吹きこまれた塵埃《じんあい》となり、なすすべもなくうろちょろしているようだ。すると、巨大なユニットと考えていたコンピュータ部分が実際には無数の微小な構成要素からできていることがわかった。それは、肉眼では見えないほどちいさかった。

　ミルトン・ルーカスとチームのメンバーは議論をつづけている。たえず空調装置でコントロールされているカラック船の外にいることも忘れたらしく、作業のじゃまになる呼吸フィルターをはずしてしまっていた。情熱的に調査をつづけ、議論している。コンピュータ技術の世界のほかは目に入らないらしい。クウォーンは、同行したことを後悔しはじめた。ここでは無用の存在だとわかったから。

「この施設はいったいなんなのか、だれか説明してくれないか？」と、かれがたずねたのは、二時間ほどしてからだった。調査はその時点で十分の一も進んでいなかった。

　マイクロキッドが振り向き、困惑顔で船長を見た。部外者の存在にいまやっと気づいたふうだ。

「すみません。なにかいいましたか？」

「ああ、まったく。きみたちの調査している施設がなんなのか、知りたいんだ」

「そんなこと、わかるわけないでしょう、アルカー？」

船長は啞然として頭を振り、何度か深呼吸した。マイクロキッドのほうは、現実にもどろうと努力しているらしい。

「なんの説明もできない、と、主張するのか?」

コンピュータ設計士は困惑したようすで、

「もちろんコンピュータです」と、答えた。「でも、確実にいえることはそれくらいですね」

「このコンピュータにはなにができる? 目的はなんだ?」

「それを解明しようと努力しているんです」

「司令センターに行けばいいではないか。そういうものがあるとすればだが。そこで実験すれば、なにが起きるかわかるだろう」

「あなたはすぐれた指揮官です、アルカー」と、マイクロキッドは答えた。「でも、それはそれとして、われわれにアドヴァイスしないでほしいんです。ここにある装置はとても複雑で、われわれのこれまでの製品とは通じるものがほとんどないので。二、三週間たっても、エネルギーで作動するという以上の説明はできないかもしれません」

かれは好意的な笑顔を見せて、

「それに、司令センターなど存在しないみたいですよ」

クウォーンには、ピット・コルネットの話が誇張であることがわかっていた。コンピュータについてすでにいくらか探りだしたにちがいない。だが、自分に理解できるようなかんたんな言葉で表現するのは困難なのだろうと推測し、相手の態度を受け入れることにした。マイクロキッドは調査を続行したいらしい。話のすじ道を失うことなく、チームの仲間とのディスカッションに参加したいのだ。

「もう行っていいぞ、マイクロキッド。だが、忘れるなよ。重要なことがあったら知らせてくれ」

「もちろんです、アルカー」

かれは急ぎ足で仲間のところにもどり、船長は施設内部をゆっくりと進んだ。もしかすると自分の知っているものが見つかるかもしれない、と、期待して。

しかし、急にアームバンド・テレカムが受信音を発したので、応じる。

「無限アルマダの部隊が動きだしました」探知ステーションからの報告だった。「対応をとる必要がありそうですが」

「すぐにもどる」クウォーンは応じた。「探知をつづけてくれ」

「了解」

3

アルカー・クウォーンがもどろうとしたとき、ハリス・ボストンとカルロス・モンタテスに声をかけられた。

「発見したものがあります」ボストンが報告した。「ミルトンとマイクロキッドが調査中です」

クウォーンは男ふたりとともに、マイクロキッド、ミルトン・ルーカスほか四名の専門家が作業にあたっている場所に到達した。ごちゃごちゃとならぶ見慣れない操作エレメントの前に立っていたコンピュータ設計士が歩みよってきた。

「おもしろくなってきました。すこしずつ手探りでアプローチしてます」

いいおわらないうちに、探知ステーションからまた連絡が入った。

「銀河系船団の宇宙船三隻が出現しました、アルカー。いずれもコグ船ですが、アルマダ艦ともめているようです」

「すぐに行く」

クウォーンは施設を出ると、反重力装置をオンにして宇宙船の着陸した峡谷をくだりはじめる。ミルトン・ルーカスとチームのメンバーに、すぐ帰船するよう命じた。

「分析作業の真っ最中なんですよ」ソクラト・カルティシスが声高《こわだか》に抗議する。「いま中断したら、あとでこの部分を見つけるのに何時間もかかります」

「問答無用」船長は応じた。「二分以内に全員《フロスト》にもどること。スタートは三分後だ。きみたちを迎えにもどることはしない。急げ」

専門家チームが司令室に足を踏み入れたのは、スタートの三十秒前だった。

「自分のしたことが、すこしもわかっていませんね」ミルトン・ルーカスは激怒しているようすだ。

「あそこにコグ船三隻があらわれ、われわれの援助を必要としているのだ。さ、じゃましないでくれ」

ルーカスは舌先で口髭をなでた。

「この結果がどうなるか、見ていてください」

ほかのコンピュータ専門家たちは、その言葉にとくに意味があるとは思わなかった。ルーカスと同様に腹をたてており、脅しの裏になにがあるのか考えもせずに、ソクラト・カルティシスにうながされて司令室を出る。《フロスト》はスタートした。

探知スクリーンにうつる無限アルマダ艦は少数だが、圧倒的な優勢をしめしている。

アルカー・クウォーンは、もはや対探知バリアをすこしも信用していなかった。衛星軌道の向こうでテラ宇宙船三隻が優勢な無限アルマダに包囲され、戦っている。この状況では正々堂々と立ち向かうほかあるまい。

カラック船は最高価で加速。

ソクラト・カルティシスは、自分で整備した火器管制スタンドの前に腰をおろした。この楔《くさび》型船はもともと防衛的な設備しか持たなかったが、オービターののこされた武器を再生させるよう、クウォーンがとりはからい、その作業をとりしきったのがカルティシスだった。

「首尾はどうだ、ソクラト？」船長が訊く。

「どうしてもというなら、ちょっとだけ花火をあげてもいいですが、あっちにいる友は感心しないでしょうね」

「ようすをみよう」

クウォーンは、アルマダ艦の砲撃を受けてしだいに赤い惑星のほうに押し流されていくテラ宇宙船と交信した。三隻はコグ船《パーサー》、《オサン》、《ロッポ》であることがわかった。

「まだ可能ならば、ここをはなれることだ」コグ船の船長のひとりが声高にいった。

「この相手には手も足も出ない」

「そのつもりなら、そもそもスタートしていない」クウォーンは応じる。「こちらが包囲を破るから、いっしょに脱出しよう」

《フロスト》が加速すると、最初の敵艦との距離は急激にちぢまった。高密度の弾幕砲火が《フロスト》に向かってきたが、強力な防御バリアを貫通できずに表面を素通りしていく。クウォーンは一見して自殺行為とも思える作戦をとり、《パーサー》、《オサン》、《ロッポ》を包囲する艦隊に突っこんだ。

「いまだ、ソクラト。撃て！」

カルティシスは発砲した。船載砲から発射されたエネルギー・ビームは、アルマダ陣営に驚くほどの混乱を引き起こした。

「さ、脱出だ」クウォーンは包囲された三隻の船長に呼びかける。「なにをぐずぐずしている？」

催促は不要だったらしい。《パーサー》、《オサン》、《ロッポ》は急激に加速して包囲を破った。カルティシスは間断なく発射している。

アルカー・クウォーンは、周囲の出来ごととは無関係であるかのように平然として船長シートにすわっていた。たえず揺さぶられていることも感じず、設備を酷使された《フロスト》が奇妙な音をたてているのにも気づかない。

防御バリアが崩壊寸前であることをしめす警告灯が目に入らないのだろうか？　終焉

が迫っていることを告げる警報が苦痛のうめきになったのが聞こえないのか？

ソクラト・カルティシスはたびたび船長のほうを見たが、撤退してはどうかと提案する勇気はなかった。

《フロスト》の作戦により包囲は破られ、コグ船三隻は脱出に成功したかに思われた。これで赤い惑星へ逃亡できるはずだった。

しかし、船長三名はためらい、クウォーンが自分たちにつづくのを待った。《フロスト》は敵艦の群れにかこまれ、エネルギー・ビームの連続砲火を浴びている。そのなかに楔型船がまだ存在しているとすれば、奇蹟にも思われた。

そこでクウォーンは一か八かの賭けに出た。《フロスト》はいっきに加速し、無限アルマダの大型艦二隻からわずか数メートルのところを通過。それにより空間が開けた。クウォーンの巧妙かつ大胆な行為が功を奏したかに思われた瞬間、巨大な宇宙艦一隻が接近した。そのとてつもない砲口から発射されたエネルギー・ビームが《フロスト》の船体をかすめる。巨艦が《フロスト》およびほかのコグ船の力をはるかにしのぐことは明らかだった。

アルカー・クウォーンはおのれの無力さを認識し、抵抗をやめた。

「射撃中止！」

そう命じてから減速し、《フロスト》は相対的に静止した。ほかの三隻の船長も抵抗をやめた。巨艦とその強大な武器から逃げきることはできまいと悟ったのだ。

「無意味だ」と、《パーサー》船長である黒髪のマット・デュランテがいった。グリーンの目に絶望感があらわれている。「それでも、脱出寸前までいったんだからたいしたもんだよ、アルカー。まったく、こんな巨艦は見たこともない。このじゃま者がこなかったら、うまく逃げおおせただろうに」

「もういい」クウォーンは応じた。その顔に失望感は見られない。かれは、マット・デュランテが真っ先に通信で悲観的態度を表明してくると予測していた。デュランテはそういう男だ。だが、かれはデュランテの性質をよく知っている。腕を発揮するべきときには、表面的な無関心さは霧消するのだ。たったいま切りぬけたアルマダ艦との戦いにおいてもそうだった。だが、その戦いも終わったらしいいま、デュランテはテラをはなれたことが悔やまれてならないようすだ。

「ほかのアルマダ艦は退却していきます」ソクラト・カルティシスが告げた。「巨艦だけのこるようです」

ミルトン・ルーカスが司令室にやってきた。

「あやういところでしたね」

クウォーンは無視して、しだいに去っていく未知艦隊を見守っている。目的地はどうやら、この星系の第八惑星らしい。生物の棲息しない、ちいさな氷惑星だ。

「これからどうする?」マット・デュランテが上部のスクリーンから見おろしている。

「あっちの出方をみよう」クウォーンはおちついて、「いずれ通信してくるはずだ」

「あるいは射撃してくるか」ミルトン・ルーカスが言葉をさしはさむ。

「そんなことはない」オーストラリア人は応じた。「これまでしなかったんだから、これからもしないだろう。その必要はあるまい。われわれを手中におさめたんだから」

ほかの楔型船三隻が《フロスト》の庇護をもとめる感じでゆっくりと接近してきた。

《オサン》船長のヘンリー・シーマが連絡してきた。

「なぜ待つんだ? どうして巨艦に呼びかけない?」

「時間はある」と、クウォーンは答えた。

シーマみずからアルマダ艦に通信せず、こちらに決定をゆだねるのは奇妙なことだった。かれの顔は青白く、輪郭がはっきりしない。落ちくぼんだ青い目、まるい顎、グレイの頭髪。薄い口髭は本人も似合わないと認めているが、顔に視覚的重点をひとつでもあたえるために髭が必要だと考えていた。

クウォーンとシーマの話を聞いた《ロッポ》の船長ボルト・ポップが会話にくわわってきた。

「もちろんアルカーのいうとおりだ」かれは笑顔でいった。「いずれ通信してくるさ。しばらく沈黙するとしても、われわれを恐れたからではあるまい」

ボルト・ポップは、だれからも好かれるタイプだ。ぼさぼさのブロンドヘアが頭をとりまいているようすは、一度も上手な理容師に散髪してもらったことがないように見える。身長は二メートル近くあり、怪力の持ち主だ。重い荷物があるときも、操作が面倒な反重力装置を使うより素手で運ぶのを好む、と、噂されていた。クウォーンはポップが深刻で寡黙になっているところを見たことがなかった。誠実で信頼のおける男だが、すすんで責任を負いたがる性質ではない。

「そのとおりだ、ピッピ」と、クウォーン。「向こうからの連絡を待つ」

「それがいい」ポップは通信装置をオンにしたままシートに背をもたせ、ちいさく口笛を吹きはじめた。口笛はかれの癖で、たいていなにげなく吹いているので、ピッピというあだ名がついたのだった。

なにごとも起こらないまま二時間が経過した。そのあいだに楔型船四隻はフォーメーションを組み、船載兵器の大部分がアルマダ艦に向けられた。

やがて、ついにちいさな物体がテラ船のほうに浮遊してきた。

「アルマダ作業工だな」と、マット・デュランテ。「グーン・ブロックをそなえたロボットだ」

かれは、アルマダ作業工について乗員とともに調べた情報を報告し、ほかの船長がやはり通信傍受により得た知識と照らし合わせた。

「部隊が退却したのはなぜか、知りたい」と、ヘンリー・シーマがいった。「われわれをかたづけることもできたのに」

「その可能性はいまもある」ボルト・ポップは冷静にいいきった。

「もちろんそうだが」と、シーマ。「わたしの考えているのはべつのことだ。上からだれかが命令を出したために退却したような印象がある。その未知者は、われわれを殺そうとは考えていないらしい」

「そうだな、ヘンリー」ボルト・ポップはシーマの発言をほめ、「だれかが射撃中止を命じたように思えるな」

「われわれになにをもとめてくるのか、待とう」と、クウォーン。「あの飛翔ロボットが意思表示するだろうから」

「あなたたちに話があります」《フロスト》の船内スピーカーから音声が響いた。通信装置と接続されたコンピュータがロボットの言葉を翻訳したのだ。「エアロックを開いてください」

クウォーンは数秒の間をおいてから返答し、楔型船先端にあるエアロックに向かうよう、ロボットに指示をあたえた。

「上部にあるライトで明るく照らされているから、わかるはずだ」

かれはスイッチを切り、船長三人を見る。

「当船にきて、いっしょにロボットの話を聞いたらどうだ？」

デュランテ、シーマ、ポップの三名は話し合い、すぐにそのすすめにしたがうと決めた。考えていることを口にする者はなかった。

自船にとどまったところで、はまった罠から逃れる可能性はないということ。

アルマダ作業工より先に到着した三名を、クウォーンはエアロックのそばで迎えた。

「銀河系船団のほかの宇宙船について、なにか消息がわかるかもしれない」そういってから、フロストルービン通過後の観察について、まだ三船長の報告を聞いていないことに思いいたり、「ほかの宇宙船を探知したか？」と、質問した。

「いや、一隻も探知できなかった」マット・デュランテが答えた。

「《フロスト》のほかは探知していない」ヘンリー・シーマがつけたす。

「M－82にいるのはわれわれだけらしい」ボルト・ポップが締めくくった。

「なかに入れてください」アルマダ作業工がもとめてきた。

クウォーンがエアロックを開けようとすると、ボルト・ポップがそれを制し、

「交渉にあたるのはひとりだけのほうが有利だと思う。アルカーにスポークスマンをつとめてもらったらどうだろう？」

マット・デュランテとヘンリー・シーマが同意したので、クウォーンはロボットを乗船させた。

それは、かろうじてエアロックを通るほど大きなマシンだった。三本のアームには把握装置がそなわり、驚くほど柔軟な長い触手アーム二本がついている。声は、球形の胴体下部から聞こえてくるらしい。胴体前部に唐草模様に似たシンボル三個がついている。数字ではないかと考えたクウォーンは、ロボットをのちに認識できるよう、シンボルを頭に焼きつけた。

「犠牲者が出る前に戦いをやめたのは賢明でした」ロボットが口を切る。

「何者かに攻撃されたのだ」と、クウォーン。

「そのとおりです」アルマダ作業工が応じる。「その者の任務でここにきました。あなたたちの苦境を理解し、助けたいと考えています」

「われわれの苦境とは？」

「銀河系船団は全滅しました。のこっているのは、あなたたちの四隻だけです」

その知らせに船長四人はショックを受け、しばらく言葉を失った。愕然としてたがいの顔を見る。

「予感していたことだ」マット・デュランテがとぎれがちにいった。「フロストルービンに突入せよという命令を受けたとき、なにかが起きると思った」

「ときめを守ろうじゃないか」と、クウォーン。指摘されたデュランテは理解し、うなずいてから数歩うしろにさがる。クウォーンはアルマダ作業工にいった。「のこっているのがほんとうにわれわれだけかどうか、たしかめたい。数日あるいは数週間たてば、銀河系船団についての情報が得られると確信しているのだが」

「銀河系船団はもはや存在しません」アルマダ作業工はいいきる。「そのことをできるだけ早く受け入れるのが、あなたたちのためでしょう」

「われわれ、休みなく探しつづけた」ヘンリー・シーマがささやき声でいった。「ありとあらゆる方法で探知を試みたのに、なにも見つからなかった。このロボットのいうことは真実ではないかと思う」

ボルト・ポップは壁にとりつけられた折りたたみ式シートを開いて腰をおろした。頭を左右に振りながら笑みを浮かべている。そのようなことがよりによって自分の身に起きるとは、信じられないといいたげだ。

「そういう状況ですから、これ以上戦うのは無意味だと理解しましたね。だれにも利をもたらさないので」

「否定はできない」アルカー・クウォーンが応じた。

「あなたたちが相手にしたのは優越者です。勝ち目はありません」

「否定はできない」

「そこで、あなたたちに提案をするよう依頼を受けました」

「聞こう」

「宇宙船を捨て、われわれのところにくること」

ボルト・ポップが頭に手をやった。

「そんなばかな。なんのために宇宙船を捨てなければならない？」

「わが依頼主の要求です」

「依頼主とは？」アルカー・クウォーンがたずねた。

「まもなくわかります。いいですか？　了解しましたか？」

「了解などするものか」《フロスト》船長はいった。

「したほうがいいのでは？」マット・デュランテが立ちあがり、クウォーンに歩みよった。「のこったのはわれわれだけだ。全滅しないためには、同盟者の協力が必要ではないか」

クウォーンは考えながら爪先を見ている。

「それぞれの乗員のことを考え、各船長が決定するべきだ」

「最高指揮官たる人物を決めたらどうだろう」ボルト・ポップはかすかに口笛を吹きながらクウォーンに目を向けた。それにより、指揮をとるべき人物をしめしたのだ。

「それについて考える必要がある」クウォーンはアルマダ作業工に告げた。「すぐにはできない決定を要求されたのだから。二時間後に返答する」

「待つつもりはありません。いますぐ答えてください」

「返答できない。依頼主にそう報告するんだ」

「では、エアロックを開けてください」

クウォーンがスイッチを操作すると、アルマダ作業工は宙に浮遊した。

「これが間違いではなかったと願いたいもんだ」マット・デュランテの顔に無力感があらわれた。さしせまった事態になり、上に立つ者がいなければ、迅速かつ決然と行動できるのだが、いまのデュランテはほかの船長たちに依存し、悲観的態度に負けそうになっている。

「食堂に行こう」クウォーンが提案した。「ロボットとはここで交渉してもよかったが、きみたちとはべつの環境で話し合いたい」

三人の船長は、クウォーンにしたがって黙々と歩いた。司令室の隣室にあたるこぢんまりとした食堂は、驚くほど特別仕様のデザインで、内壁には香りのいい木材が使われていた。

「こんなことが可能なのか？」ヘンリー・シーマは木材とやわらかいクッション、小型反重力エレメントからなる肘かけ椅子に腰をおろし、木材を張った壁を不思議そうに眺めた。室内には宇宙船内部では見たことのない雰囲気がかもしだされている。

「ある惑星に数時間ほど滞在したときを利用して、木を集めた」クウォーンは説明した。「船内の若者たちにどうしても木材を加工したいとせがまれてな。この部屋を木でしつらえるのはかれらの提案だった。おおいに楽しんだようだ」

「うらやましいな」ボルト・ポップはにっこりして、ぼさぼさの髪をなであげた。

「ビールはどうかな。これも乗員が醸造したものだ」クウォーンがいった。「よく冷えているし、とびきりの味だ。といっても、アルコール分はわずかだが」

「ちいさなグラスをもらえるか」と、マット・デュランテ。「状況からみて、これを最後に何年も口にすることはあるまい。船長として乗員への責任をになっていなければ、酔っぱらいたいところだ」

「われわれのテーマにもどったな」クウォーンが指摘した。

「酔っぱらうことか?」ボルト・ポップが茶化《ちゃか》す。口笛で軽快なメロディを吹き鳴らし、目を輝かせた。しかし、ほかの三人はかれのように軽く受けとめることができない。

「どのように行動すべきか、意見を一致させなければ」クウォーンは話をつづけた。

「したがうしかない」デュランテが応じた。

「ほかの選択肢はあるまい」ポップは同意し、《フロスト》船長からビールのグラスを受けとり、礼をいった。

「われわれのなかから指揮官をひとり選び、最高責任者になってもらうのがいい。緊急事態となったとき、すばやく対応できるように」ヘンリー・シーマが提案した。かれの顔色はふだんよりさらに色を失い、皮膚が透明になったように見える。「質問をはぶくために……わたしはアルカーがいいと思う」

「同感」デュランテがいい、苦々しい笑みを浮かべてクウォーンにグラスをかかげた。

「わたしも」ポップも合意し、「納得してくれるか、アルカー？」と、たずねた。

「ノー」

その返事は、ほかの三人にとって銀河系船団が潰滅したというニュースと同じくらいショックなものだった。

「アルカー、選択の余地はない。宇宙船を捨てて、ほぼ二百人の乗員男女とともに未知者のもとへ行くしかないんだ。四人の船長が二百人を統率して、命令を出すたびに意見調整するわけにはいくまい」

クウォーンはグラスを干してテーブルに置いた。

「もうすこしもらえるか？」と、デュランテが訊くと、

「すまんな。グラス一杯でも飲みすぎかもしれん」クウォーンは断った。

「冗談いうなよ」《オサン》の船長シーマが言葉をさしはさむ。「こんなちっぽけなグラスで、しかもアルコールはゼロに近いんだから。清涼飲料と変わらないさ」

「では、あとでもう一杯飲もう。いまはだめだ。合意すべきことがある」

「合意ならもうした」ポップは歯のあいだで軽く息音をたてた。「われわれは船をはなれる。欠けているのは指揮官だが、どうして断ったのか、教えてほしいな」

クウォーンは真実をいうことにした。

「良心のとがめることをしたからだ」かれはジャーナリスト時代の行為について打ち明けたが、ミルトン・ルーカスの脅迫については黙っていた。

「そんなことはどうでもいいよ」クウォーンの心の重荷のことを聞くと、ボルト・ポップは応じた。「わたしは興味ない。べつの銀河で七年も前に起きたことじゃないか」

「わたしもとがめたりしない」と、ヘンリー・シーマ。「きみがこの道を選んだ……」

「たのむ」クウォーンは相手をさえぎり、「そのことを話し合うつもりはない。わたしが断った理由を知ってもらえばいいんだ」

「われわれに話してくれたのはいいことだ、アルカー。もっとも、その必要はなかった」マット・デュランテがいった。「その行為にきみが苦しんでいるのはわかるが、われわれには関係ない。指揮官としてきみ以上の人物を知らない」

「ヘンリー・シーマがいる」クウォーンがいいかえす。

《オサン》の船長は笑いだした。

「ばかなことを」

そういうと、わずかにのこったビールをうまそうに飲み、

「きみが指揮官となることに、わたしは賛成だ。犯罪者に統率してもらうのもまったく悪くない。今後数週間、われわれに大きなメリットとなる決定をくだせるのは、アルカ

ーしかいまい」

「頭がいかれたのか？」ボルト・ポップが興奮して割りこんだ。「アルカーは告訴されたわけではない。法廷が開かれないかぎり、かれのしたことが禁止行為であったかどうかもさだかではない。二度と犯罪者などと侮辱しないことだ」

それだけいうと、かれはゆったりとシートに背をもたせ、朗らかなメロディを数小節口笛で鳴らしてから、いいそえた。

「指揮官はアルカーだよ」

マット・デュランテとヘンリー・シーマも同意見で、全体の責任を負うようクウォーンにもとめた。

「よし、わかった」《フロスト》の船長は了解した。「では、アルマダ作業工のところに行こう」

「ビールをもうひと口、もらえるよな」ボルト・ポップはグラスをさしだした。「不人気な新指揮官になるのはいやだろう？」

4

輸送プラットフォーム二機が接近すると、《フロスト》、《パーサー》、《オサン》、《ロッポ》の乗員たちはセラン防護服姿でそれぞれの宇宙船をはなれた。プラットフォームは長さ五十メートル、幅二十メートルで、どちらもアルマダ作業工四体が操作している。ロボットはプラットフォームのへりにいて、床の穴に手を入れて操縦していた。

「どこに向かっているんだ？」アルカー・クウォーンは一体にたずねたが、答えはなかった。

輸送プラットフォームは徐々に楔型船から遠ざかっていく。クウォーンは前方のアルマダ艦に目を向けた。降伏せざるをえなかった巨艦のほかに三隻がくわわっている。その存在は、自分たちの決定が正しかったことを力説していた。この優越した力を相手に持ちこたえるのは、どのみち不可能なのだから。

これらのアルマダ艦のどれかに連れていかれると考えていたが、それは思い違いで、輸送プラットフォームは艦のそばを通過した。コースからみて、赤い惑星より外側にある、星系内の惑星に向かって浮遊しているようだ。

巨艦がほとんど見えないほど遠ざかったころ、プラットフォームがはげしく揺れた。アルカー・クウォーンとその近くにいた女たちが足をすくわれ、プラットフォームのへりまで飛ばされる。そこには不可視の反撥エネルギー・フィールドがあった。

「反重力装置をオンに！」指揮官は冷静に、だが人々の叫びを貫くほど大きな声で命じた。すぐにプラットフォーム上の混乱はおさまり、宙航士たちはふたたび飛ばされないよう反重力装置でからだを固定した。

そのとき、ボルト・ポップがクウォーンの横にやってきた。

「なにがあったか、わかるか？」

「見ればわかるだろう、ピッピ。コースを変更したんだ。赤い惑星にかなりの速度で接近している。巨大なアルマダ作業工四隻がわれわれのあとを追ってくる」

クウォーンは、アルマダ作業工のあいだで一連の交信シグナルがかわされたのを確認したが、その内容はわからなかった。

かれは一体に向かって浮遊し、

「なにがあった？」と、たずねた。「なぜコースを変えた？」

「われわれが変えたのではありません」ロボットは返答した。

クウォーンにはその意味がわからない。

「まぬけあつかいもいいかげんにしろ」と、応じる。「われわれが気づかなかったと思っているのか？」

「だれかが攻撃してきたのです。あらたなコースを決めたのはその者です」

つまり、だれも予期しなかった第三のグループがくわわったということだ。

人々のあいだに騒がしい声があがった。アルマダ作業工や指揮官の力ではどうにもならない事態が生じたことに、乗員たちが気づいたらしい。

「赤い惑星に衝突するわ！」一女性が声を張りあげた。「見えるでしょう」

「なんとかしろ」クウォーンはロボットにもとめた。「なんらかの手を打つんだ」

「われわれにはなにもできません」アルマダ作業工が応じた。「そうできるのならば、とっくに手を打っています」

輸送プラットフォームはしだいに速度をあげ、まもなく赤い惑星の大気層に入った。テラナーの頭上をおおうエネルギー・バリアが赤熱《せきねつ》しはじめた。最初は赤かったが、しだいに明るさを増し、白色光をはなっている。

男女数名が恐怖の悲鳴をあげた。死を予感して自制心を失ったのだ。楔型船を去るよう命じたアルカー・クウォーンに文句をいう者もいる。かれらは、目前にあるカタストロフィの責任はすべてクウォーンにあると主張した。ほかの数名はかれらに向かって声を張りあげ、叫び声が神経をまいらせるからしずかにしろ、と、なだめている。

「通信装置をオフにしろ。いいかげんに叫ぶのはやめるのだ」クウォーンが命じた。

乗員の多数は、その気になればしずかになれることに気がつき、指揮官の命令にしたがった。喧噪《けんそう》は徐々におさまった。

もうおしまいだ、と、クウォーンは思ったが、パニックにおちいることはない。心のどこかに希望をいだいていた。

そばにいた乗員のひとりがセラン防護服を操作して上昇した。加速し、白熱する防御バリアに突進する。バリアにより突きもどされたが、それでもあきらめず、確実に近づいてくる終焉から逃れようと何度も試みる。

「わからないか?」その声の主がマイクロキッドことピット・コルネットであることに、クウォーンはまもなく気がついた。「エネルギー・バリアの光がだんだん消えていく。つまり、減速しているんだ。輸送プラットフォームは着陸をめざしている」

「ほんとだわ」と、一女性の声。「あなたのいうとおりね、マイクロキッド。着陸するわ」

プラットフォームの床にすわっていた男女数名がすばやく立ちあがり、通信装置をふたたびオンにした。クウォーンは、会話をひかえるよう忠告した。

エネルギー・バリアがしだいに透明にもどると、赤くほのかに光る地面が足もと一帯に見えてきた。赤い光をはなつ木の葉がプラットフォームの真横にあらわれる。

「われわれがここをはなれたのは、なんのためだったのか？」ミルトン・ルーカスが皮肉をこめていった。「赤い惑星にとどまればよかったものを」

「静粛に！」アルカー・クウォーンは強く命じた。「今後は重要な報告のある者以外は口を開かないこと」

男女は即座に話をやめた。クウォーンの言葉を尊重したのだ。

呼吸可能な空気であることを表示するインジケーターを見て、指揮官はセラン防護服のヘルメットをたたみ、薄い呼吸フィルターを鼻と口にあてた。防御バリアの色はすでに薄れ、周囲のようすが確認できるようになっていた。かれらが着陸したのは、巨大コンピュータ施設のすぐそばだった。

ミルトン・ルーカスもヘルメットを開いた。挑戦的な笑みを顔に出すまいとつとめている。

「コンピュータをもう一度調査するチャンスがあるようですね？」

〝きみたち、どうせあそこでへまをやらかしたんだろう〟という返答がクウォーンの口を出かかったが、思いとどまった。

「ようすをみる」と、かれはいった。

もう一機の輸送プラットフォームと巨大なアルマダ艦四隻もやはり着陸していた。アルマダ艦は低空にある雲を貫いて、奇妙に形成された巨大な山々のようにそびえている。

これにくらべると、コンピュータ施設はちっぽけに見えた。

マット・デュランテ、ヘンリー・シーマ、ボルト・ポップの三名がクウォーンに歩みよってきた。

「われわれを捕らえたのはだれだと思う、アルカー？」デュランテがたずねた。

「わたしの考えでは」クウォーンは施設の壁に目をやり、「明らかにあそこのコンピュータしかあるまい」と、答えた。

《フロスト》の乗員たちも近づいてきた。かれらは指揮官から情報を得たいと願っていたが、クウォーンもかれら以上のことは知らなかった。

「コンピュータ専門家チームを集めるんだ、ミルトン」かれは命じた。「施設内にはすぐに入れるだろう。防御バリアをオフにするよう、アルマダ作業工にいってくれ」

すると、ロボットがかれの言葉を聞いていたかのように防御バリアが消滅した。多彩な色のちいさな鳥の群れが、人々の頭上すれすれのところを通過していく。

「なぜ、乗員たちに施設内のコンピュータにとりくませようと考えたのだ？」と、ヘンリー・シーマがたずねた。

「コンピュータは論理的思考を持つからだ」クウォーンはおちついて答えた。「アルマダ艦と輸送プラットフォームを着陸させたのは、あのコンピュータだ。われわれと意思疎通するためでなければ、意味があるまい」

かれの考えは正しいようだった。

アルマダ艦から戦闘ロボット数体が接近したが、施設から数百メートルより先に近づくことはできない。ほかのコマンドも同様で、見えない障壁に屈し、任務をはたすことなく撤退するほかなかった。

「では、きみたちの出番だ」クウォーンはルーカスに告げた。

「このなかでなにをするべきか、明白な考えがあるんですか？」と、ハリス・ボストンがたずねた。

「中断したところからもう一度手をつけるんだ、豚頬肉。その先は、おそらくおのずと進行するだろう」

「船長はこないんですね？」

クウォーンは秘められた非難を聞き流し、男女数名に指示をあたえた。アルマダ作業工および艦を見張り、なにか変わったことがありしだい報告させるのが主目的だった。

ミルトン・ルーカス、マイクロキッド、ハリス・ボストン、ソクラト・カルティシス、アンジェロ・ペスカ、カルロス・モンタテスの六名のほか、専門家二名が施設に向かった。戦闘ロボットその他の出動コマンドが通過できなかった場所にきたが、障害となるものはない。

専門家チームが施設の壁のなかに見えなくなると、アルマダ作業工一体がクウォーンに接近してきた。

「あなたたちは、この建物となんの関係があるのですか?」

「関係などない。内部のようすを見るだけだ」

「壁の向こうにある巨大コンピュータが、われわれに着陸を強いたのです」

「知っている」

「あなたは、われわれと協力する意志がある人間にしては、口数がすくなく率直さに欠けます」

「きみたちのことはこれまで知らなかったし、協力という言葉はいまはじめて聞いた」

「乗員たちになにを命じたんです?」

「なにも命じていない。内部のようすを見て、なにか達成できたら、ここからスタートできるようはからうだろう」

アルマダ作業工は無言で向きを変え、輸送プラットフォームのへりにもどると、穴のなかに手を入れた。

クウォーンは、ボルト・ポップ、ヘンリー・シーマ、マット・デュランテの顔を順に見やった。

「さて、どうする?」

「なにかがあるまで待とう」《パーサー》船長がいうと、

「いうことはそれしかないのか、マット？」と、クウォーンは応じた。「気にくわんな。アルマダ作業工はこちらを捕虜あつかいしている」

「そうなんじゃないのか？」ボルト・ポップが笑顔を向ける。

「これまではそうではなかったし、今後もそうならないよう、わたしにできることはすべてするつもりだ」クウォーンは説明した。「まず重要なのは、アルマダ作業工のリーダーと話をすること」

かれは、いましがた施設内におけるコンピュータ専門家の任務について質問してきたロボットに歩みよった。それが交渉のために《フロスト》に乗船したロボットであることは、胴体のシンボルでわかった。

「もう充分に待った」クウォーンはいった。「きみと話すだけでは不満だ」

「不満？　なぜです？」

指揮官はアルマダ艦の一隻をさししめした。

「あのなかには、きみより地位の高い生物がいるはずだ。そこへ連れていってくれ」

「それはできません。あとで可能になるかもしれませんが、この惑星にいるあいだは無理です」

「かれらに通達してくれ。わたしの質問に答えるように、と」

「すでにいってあります」アルマダ作業工は断言した。「あなたのために対談の約束をとろうと試みましたが、申請は却下されました。この惑星をスタートしたのちにもう一度申請するようにと」

ロボットのいうことが嘘なのか真実なのか、わからなかった。だが、これ以上質問しても、なにも得るものはなさそうだ。クウォーンはデュランテ、シーマ、ポップのいる場所にもどった。

「ミルトンらのところに行く。ここでなにかあったら知らせてくれ」

クウォーンもまた、抵抗なく施設に足を踏み入れることができた。

見慣れないコンピュータは、ささやきやひそひそ声に似た独特の音声を発していた。

クウォーンは、大勢の人々がいる大ホールのなかに入ったような感じがした。

「進展はあったか？」かれは専門家チームを探しだして質問した。

「ぜんぜん」と、マイクロキッドが応じる。「いちばんの問題は相互理解できる言語を見つけることなんですが」

「コンピュータが相手ならその必要はあるまい？　きみたちと接続できるはずだ」

「問題はそこなんです」カルロス・モンタテスが答えた。「最初から埋めこまれた言語が使えない場合には、ここのコンピュータにも、われわれのコンピュータにも、無理なんです。インターコスモではなく、コンピュータ言語のことですが。このコンピュータは、われわれとはまったく異質の生物によりつくられたものですね。それで合致する部分がないみたいです」

モンタテスは多目的アームバンドをはずし、細いワイヤーを使ってコンピュータと接続している。この方法で謎の巨大コンピュータとコミュニケーションをはかろうとしているのだろう。

そのとき、風がうなるような音が施設内部にとどろいた。数百万個もあるコンピュータのスイッチ・ユニットを流れるエネルギーが見えるような気がしたが、そうではないとわかっている。この装置内でなにが起きたにしろ、肉眼では見えまい。

ソクラト・カルティシスが、入り組んだ通路にそびえる一スクリーンにクウォーンの注意をうながした。独特な銀色の光をはなつものがスクリーン上をすばやく流れている。それは、何度かヒューマノイドに近いかたちになった。

「さっきからずっとこうなんです」ハリス・ボストンが説明し、袖で顔の汗をぬぐった。

「コンピュータがなにをわれわれにいおうとしているのか、わかりません」

「それでは、これが意思表示しようとしている、と考えているんだな?」

コンピュータの回路内でふたたび轟音《ごうおん》が響き、曖昧《あいまい》なささやき声がそれにつづいた。

「それは確実です」マイクロキッドは語気を強めた。「どの命令をインプットすればいいかがわかれば、前進できるんですが」

モンタテスがほとんど専門用語だけからなるコメントをすると、チームのメンバーはすぐに同調して議論がはじまった。クウォーンにはさっぱりわからなかったので、スクリーンの前で思いをめぐらせる。ミルトン・ルーカスやほかのメンバーほどの高度な知識を持つ専門家が、いったい巨大コンピュータのなにに立ち往生しているのだろう。

コンピュータはこちらになにかを伝えようとしている。それは、アルマダ作業工の言及した〝依頼主〟と関係があるのだろうか？

アルマダ艦と輸送プラットフォームを捕獲したのがこのコンピュータであることは、まちがいなさそうだ。だが、なぜこのようなことが起きたのか？　たんにコンピュータがだれかと意思疎通する必要があったから？

この施設は見捨てられたのか？

専門家チームは議論を終え、ふたたび操作エレメントのところで作業している。

「ここの仕事にどのくらいかかるか、わかるか？」指揮官はルーカスに訊いた。

技師は、不可解なことをいわれたような表情でかれを見かえす。

「これに話しかけるべき言語がわかれば見積もれますけど。まだ無理ですね」

クウォーンはうなずき、施設をあとにした。かれの心は決まっていた。コンピュータの動機がなんだとしても、それを顧慮するつもりはない。

輸送プラットフォームにもどる途中で立ちどまり、巨大コンピュータ施設の壁を振りかえった。

「すまんな」と、小声で呼びかける。「われわれを解放しないなら、ここを爆破するしかない」

悲鳴が聞こえたような気がして、おやと思い、振りかえった。黒い鳥が数羽、羽ばたきながら頭上を飛んでいく。

冷静さをたもたなければ、と、おのれをさとす。鳥の声だ。コンピュータではない。機械は叫ぶことはできない。

しかし、コンピュータが自分の言葉に反応したのではないか、という思いが頭からはなれない。そもそもコンピュータについて、これまでなにを知っている？

なにも知らないではないか。クウォーンは歩きだした。ひとつでも知っているといえば、それは誇張というものだ。

かれは、ふたたび足をとめた。選択の余地がないことははっきりしている。コンピュータを破壊して、アルマダ艦と輸送プラットフォームを見えない枷《かせ》から解放しなければ。でないと、どれほど長く赤い惑星に足どめされるかわかったものではない。

ミルトンとチームのメンバーがコンピュータとの対話にこぎつけるまで、何年もかかるかもしれないし、コンピュータの望みが実際に意思疎通だけだとすれば、永久に束縛されかねない。

「束縛を解くには、爆破するしかあるまい」デュランテ、シーマ、ポップのいる場所までくると、かれは低い声で申しわたした。「ミルトンにはあの物体と意思疎通することができないらしい」

「だろうな」と、ヘンリー・シーマが応じる。「相互理解ほど困難なことはないから」

クウォーンは見たことを報告し、武力による解決しかないという結論に達した理由を告げた。

「おもちゃを壊されたら、ミルトンたち、われわれを殺すだろうな」ボルト・ポップは笑った。

「あっちの連中と相談しないのか？」ヘンリー・シーマはアルマダ艦をさししめした。

「コンピュータをビームで解体したら、怒りだすかもしれないぞ」

「かれらはなにもいわず、姿も見せない」クウォーンは動じるようすはない。「なんの解決策も講じないのなら、こちらが行動を起こすのを受け入れてもらおう」

「それで、方法は？」マット・デュランテがたずねた。

「かんたんだ。武器の薬室とクロノグラフを使って時限爆弾に改造できる。わたしの考えているのはそれだ」

クウォーンはベルトからブラスターを抜きとり、バッテリーをとりだす。

シーマが自分のクロノグラフをさしだした。

「きみは指揮官だ。クロノグラフなしではいられまい」

5

アルマダ作業工一体がきたので、宙航士たちのグループは道をあけた。ロボットを目にしたアルカー・クウォーンは、時限爆弾をポケットに入れた。

「あなたへの命令を持ってきました」と、ロボットが告げた。

「聞こう」

「あなたは施設のなかに入ることができます。あなたが施設を破壊すれば、われわれはここを出発できます」

アルマダ作業工がよく響く大きな声でいったとき、コンピュータはそれを聞いたという印象をクウォーンはふたたび受けた。コンピュータが注意深くなったように感じた。

「そんなことはしない。ぜったいに」かれがそう返答したのは、そのためだ。

「ならば、わたしを施設内に連れていってください」

「わかった」

指揮官はロボットには目もくれずに歩きだし、コンピュータ施設の入口で立ちどまり、振りかえった。

アルマダ作業工は三十メートル後方で、見えない障壁を突破しようとアームや触手を懸命に動かしている。

クウォーンの背筋に悪寒《おかん》がはしった。思い違いではなかったようだ。コンピュータはロボットの声を聞き、拒否したのだ。

コンピュータを過小評価していたことに気づき、畏怖の念に襲われた。マシンなのにたしかな〝人格〟を持っている。異質すぎて、ミルトン・ルーカスやその仲間は手を出せないのか？　かれらとの意思疎通をマシンがまったく試みないのはなぜだろう？

「どうだ？」クウォーンは、マイクロキッドにたずねた。コンピュータ設計士はあおむけに寝た状態で操作エレメント下部を調べている。「進捗《しんちょく》はあったのか？」

「豚頬肉がなにか見つけたそうです。たいしたもんですよ」

そういうと、操作エレメントからはなれて立ちあがり、ポケットをまさぐってチューインガムを探した。クウォーンは、ひとつとりだしてわたした。

「話してくれ、マイクロキッド。豚頬肉が発見したというのは？」

「この物体、われわれをおちょくっているんですよ。これまでに考えていた基本理念とは、ぜんぜん違っているみたいです。コンピュータだと考えていましたが、そうじゃないらしい。ひとつだけたしかなのは、人格を持っていること。しかも、じつにわがまま

「なんです」

マイクロキッドは処置なしというしぐさをして、ふたたびコンピュータにもぐりこんだ。クウォーンは横に数歩移動し、用意した時限爆弾をモジュールの隙間のすぐには見えないところに押しこんだ。それがすむとコンピュータ専門家たちのところにもどり、「作業を数分間、中断してくれ」と、告げた。「外でミーティングをする」

「われわれがいなくてもだいじょうぶでしょう」マイクロキッドが応じる。「作業をつづけさせてください」

「全員にきてもらう。ひとりのこらず」

クウォーンはからだの向きを変え、ほかの専門家にも同じことを伝えた。ミルトン・ルーカスははげしく抗議し、したがうまいと抵抗したが、指揮官は要求を曲げなかった。

「よかろう、ミルトン。文句があることはわかった。だが、いまはここを出るんだ」

技師は腹だたしげに短い口髭をなでたが、したがうほかないことを仲間に合図し、むっつりとして施設をあとにした。アルカー・クウォーンは出入口に立ちどまり、コンピュータ専門家全員が外に出るのを待ってからそのあとにつづいた。コグ船三隻とカラック船の乗員、ほぼ全員が輸送プラットフォームに腰をおろしている。それを見たソクラト・カルティシスは首を振った。

「ミーティングには見えないな」副長は、クウォーンが重大な決定をしたのだろうと推測していた。かれのコメントは、自分はだまされないぞと知らせるためだった。

「それは、これからだ」船長は小声で答えた。そのとき、胸が急に苦しくなった。目に見えない輪に締めつけられる感覚がある。同時に脚が重くなり、筋肉が思いどおりに動かなくなったようで、一歩一歩、神経を集中させなければならなくなった。かれは恐怖をおぼえた。

その場に立ちどまる。ほかの人々は、二十メートル近く先まで行ってからそれに気がついた。

クウォーンは思った。コンピュータがなにか察知したのか？　わたしのしたことを知ったので、引きもどそうとしているのか？

「どうしたんです？」と、アンジェロ・ペスカがたずねた。

「なんでもない。すべて順調だ」

おだやかな笑みを浮かべようとつとめたが、うまくいかなかったと自分でも感じた。

やっとのことで一歩、また一歩と足を前に出す。

あと数歩、進めば終わりだ！

周囲が暗くなったように思われた。かれは、先ほどまで見えない障壁があった場所に向かって懸命に進んだ。この障壁を克服しなければ、と、何度も自分にいいきかせる。

コンピュータは、宇宙船と輸送プラットフォームを数万キロメートルはなれた空間からここまで引きよせることができたのだという考えを頭からはらいのけて。足をとめてしまいそうになった。
最後の数歩は苦痛だった。じつに耐えがたい痛みにさいなまれ、
「負けるものか！」と、自分にいいきかせる。「やりとおしてみせる」
はるか後方で鈍い破裂音がして、一瞬しずかになった。それにつづく第二の爆発音は
ずっとはげしく、まばゆい電光が空にたちのぼった。振りかえろうとしたクウォーンは
圧力波に襲われ、輸送プラットフォームの方向に数メートル飛ばされた。両足が木の枝
に絡まり、強く地面にたたきつけられる。放心状態でそのまま横たわった。
意識がはっきりしたのは、アンジェロ・ペスカにつかまれ、引っ張りあげられたとき
だ。
「船長、なにをしたんです？」技術者は声を張りあげた。「正気ですか？」
クウォーンはペスカの手を振りはらい、施設に目を向けた。どす黒い煙が赤い空にの
ぼっていく。
「あれだ。見ただろう」
「代償をはらうことになりますよ、アルカー」ミルトン・ルーカスが威嚇的な口調でい
う。
「おちつけ」クウォーンは応じた。「必要なことだった。ほかの方法はなかったんだ」

カルロス・モンタテスは両手でクウォーンの腕をつかむと、怒りに燃える目を向け、「狂気の沙汰だ！」と、叫んだ。

クウォーンはすこしも動じず、おちつきはらっている。モンタテスは自分のしたことをふいに悟り、船長から手をはなすと、

「すみません、アルカー」と、くぐもった声で詫びた。「つい興奮してしまって」

「そのことはあとで話そう。いまはあっちへ行ってくれ」

技術者たちは、なにもいわずにその場をはなれた。ひとりのこったミルトン・ルーカスは、いらいらしたようすで上唇をなでながら、カルティシスに目をやった。カルティシスはどちらの陣営につくべきか決めかねている。

「あなたのことはそっとしておくつもりでした」ルーカスは、低い声でいった。「でも、いまあなたはあらたな犯罪に手を染めた。この償いはしてもらいますから」

クウォーンはなにもいわずにその場をはなれ、ほかの乗員たちに合流した。

コンピュータからのインパルスは消えていた。

死んだらしい。もっとも、実際に命を持っていたのかどうかもわからないが。

輸送プラットフォームまでくると、アルマダ作業工一体が近づいてきた。

「みごとです」ロボットは、声高にほめた。「あなたがさっき真実をいえなかったわけが、いまようやくわかりました」

「話は無用だ。スタートしろ」クウォーンはロボットのわきを通過し、アルマダ艦を見あげた。艦内にいるのはだれかという疑問がわく。ロボットだけなのか、それとも異星の知性体がいるのか？　わたしの行動を観察して、そこから結論を出したのか？　輸送プラットフォームを実際に指揮しているのは、かれらなのか？　あるいは、ロボットによる単独行動か？

それらの疑問が頭を占めている。かれは、かならず答えを得ようと考えていた。

マット・デュランテ、ヘンリー・シーマ、ボルト・ポップのところまできたとき、アルマダ艦一隻がスタートした。

「大手柄だな、アルカー」デュランが賞讃し、

「施設はあとかたもなくやられた」と、シーマがいった。「残念だな」

輸送プラットフォームは地面をはなれ、赤い天空に向かってゆっくりと浮遊しはじめた。

＊

ほのかな銀色の光をはなつ生物は、テラナーの男の姿がうつしだされているスクリーンを見つめた。男の背後にある建物から濃い黒煙がたちのぼっている。

この男はやりとおした……と、銀色の生物は思った。テストに合格したのだ。勇敢で、

適切な者であると考えられる。

銀色の生物は、シートに背をもたせた。

だが、危険でもある。抵抗するすべを心得ているから。見捨てられたコンピュータに対してばかりではなく、ほかの者に対しても。わたし自身に対しても。

＊

かれらが接近しつつある円盤は、赤色恒星のもっとも外側の軌道をめぐる惑星から数十万キロメートルはなれた宇宙空間を浮遊していた。それは最初ちいさくてとるにたりないものに思われたが、輸送プラットフォームがすぐそばに到達したとき、直径二キロメートル近く、中央の厚さは五百メートルもある物体だとわかった。基本は円盤形だが、すべての面が宇宙空間に向かって突出していて、そのために奇妙な外観を呈していた。それらは塔、アーチ、橋、直方体、ピラミッドのかたちをしており、巨大な製造機械の一部であるらしかった。内部の空間がたりなくなったために、円盤の外殻を突き破って成長したような観がある。

ふうがわりな構造物の表面ではアルマダ作業工数百体が作業にあたり、見える範囲の空間を多数の宇宙船が浮遊している。

ロボットは輸送プラットフォームを操縦し、テラナー二百名が一度に通ることのできる大きなエアロックに接近させた。

アルカー・クウォーンを先頭に、乗員たちが入っていったのは、広大なホールだった。向かい側の壁に、ブルーのクリスタルで形成されているらしい円柱が二十四本、天井の高さまでそびえている。ホール中央にはバナナ形の装置が交互にずれた状態で環状にならび、上部に赤い光が揺らめいていた。

これらの設備にはいったいどんな機能があるのかと乗員たちが首をかしげていると、アルマダ作業工がやってきて、かれらを宿舎に案内した。楕円形の胴体と細い脚四本を持つロボットが、アルカー・クウォーンに語りかけた。

「われわれのステーションにようこそ」

「どうも」指揮官は応じた。「いいかげん、情報をもらえるとありがたい。いったいなんのステーションだ？　ここでなにが生産されている？　だれが統率している？」

「質問が多すぎます」

「答えてもらおう」

「あなたたちは幸運でした」これが答えだった。「あなたたちは、アルマダ中枢に対抗する反逆者に救われたのです」

ロボットは去り、クウォーンはほかの船長三人とともにとりのこされた。

「気にくわないな」と、シーマがいった。「なぜロボットしか見あたらない？　マシンに命令をあたえる生物がいるはずなのに」

「もちろんだ」クウォーンが応じる。「その生物に会いたい」

かれらがいるのは簡素にしつらえた、殺風景《さっぷうけい》なひろい部屋だった。

「刑務所の独房みたいだな」マット・デュランテは不機嫌な表情で、壁に埋めこまれたスクリーンのスイッチを入れた。とたんにモニターが明るくなり、銀色に淡く光る姿が一瞬うつしだされたが、すぐにどこかのドアへと消えた。

「だれかがいたぞ。よく見たわけじゃないが、ヒューマノイドだったと思う」

「なにかおかしい」クウォーンはいい、クッションのきいたやわらかい肘かけ椅子に腰をおろした。「われわれ、罠にはまったんじゃないか」

ボルト・ポップは首を振り、

「早急に判断しないほうがいい」と、おだやかにいった。「この状況の真の支配者にまもなく会えると思う。そうすればいろいろとわかるだろう。それまで寝ることにする」

「わたしは休憩するつもりはない」と、クウォーン。「なにが起きたのか、調べる」

ポップは思いきりあくびをすると、ベッドに身を横たえた。

「わたしも行く」ヘンリー・シーマはとがめるようにポップを見やり、クウォーンにつづいて部屋を出た。マット・デュランテはなにも聞かなかったようすで、落胆と不満の表情を浮かべてモニターの前にすわっている。キイを押すたびにモニターの映像がかわり、ステーションのべつの部分がうつしだされた。

　クウォーンとシーマがまもなく着いたのは広大な部屋で、一制御装置の操作盤のところでさまざまなアルマダ作業工が作業していた。ロボット一体がふたりに近より、

「なにをしにきたのですか？」と、たずねた。

「情報をもらいたい」クウォーンは応じた。「たとえば、われわれはここでなにをするのか、といったことを、いいかげん知りたい」

「今後の数日間の任務は、アルマダ作業工を捕獲してここに連れてくることです」と、ロボットは答えた。

　シーマはクウォーンを見て、

「こいつ、頭がいかれている」と、コメントした。

「アルマダ作業工を捕獲する？　なんのためだ？」

「あなたたちを救ったのは、アルマダ中枢に対抗する反逆者だといったはずです。一方、アルマダ中枢に与《くみ》するアルマダ作業工が多数いるのです」

「なるほど、それをそのままにはしておけないわけか」と、シーマ。

「ここの責任者と話をするまで、任務は遂行しない」クウォーンは語気を強めた。

「責任者に会えるのは、あなたたちが捕獲したアルマダ作業工をステーションに連れてきてからです。罠をしかけてもらいます。ロボットは宇宙船およびステーションの修理

に使う材料をつねにもとめているので、それを餌《えさ》としておびきよせたところを捕獲してください」

「耳が悪いのか？　その前に責任者と話したいといっているんだ」

「そのあとです」ロボットは、交渉上の立場をあくまで守るつもりらしい。「過去数時間の出来ごとからあなたたちを勇敢だと判断しましたが、ほんとうに勇敢であてになるかどうか、知る必要があります。いますでにわれわれを困らせるようでは、実りある共同作業はできないでしょう」

クウォーンは一瞬考えてからシーマに視線を向けたが、決断の助けにはならなかった。シーマは視線を避けたからだ。

「わかった」指揮官は合意をしめした。「アルマダ作業工の捕獲を開始する。何体捕らえればいい？」

「あなたたちが出会うものすべてです」

「いつ責任者と話ができるか、知りたい。何体のアルマダ作業工をさしだせば、話し合いに応じる？」

「それについては情報がありません。捕獲をはじめてください。自分たちが信頼できることを、われわれにしめすのです。そうすれば、正しい決断をしたことがわかります」

背後でドアの開く音がしたので、クウォーンは振り向いた。すでに閉じかけたドアの向こうに、ほのかに銀色に光るヒューマノイドの姿があり、その頭上にアルマダ炎がまたたいている。だが、細部を確認する前にドアはふたたび閉じた。クウォーンはすばやく歩みより、開閉スイッチに手を伸ばす。そのとき、アルマダ作業工に腕をつかまれた。

「客としてのルールを破るのですか？」と、ロボット。

「銀色の人物がいた」クウォーンは答えた。「かれと話したい」

「それについては話し合ったはずです、テラナー。意見は一致しました。もう忘れたのですか？」

＊

こうしてアルマダ作業工狩りがはじまった。アルカー・クウォーンは、参謀長としてことを進めた。コグ船三隻とカラック船の乗員をグループ分けして装備をあたえ、つねに男女六十名以上が出動するようアレンジする。成果はまずまずのものだった。円盤形ステーションの宙域にはアルマダ作業工のグループが次々とあらわれるので、出動コマンドは一万キロメートル以上はなれたところに行かずにすんだ。

クウォーンはあらゆる機会を利用してステーション内を偵察したが、立入禁止の領域もあった。謎めいた銀色の姿が、かれやほかの乗員たちの前にたびたびあらわれたが、接触することはできないらしかった。出会うたび、かならずするりと逃れてしまうのだ。

宙航士たちのあいだでは〝銀色人〟という名で噂されるようになる。ひまをみてはその姿を追う者も何人かいたが、相手を困惑させる事態には一度もならなかった。

時はいたずらに経過し、アルカー・クウォーンの焦燥はつのる一方だった。銀色人と話させてくれ、と、日ごとに語気を強めて要求した。狩りもしだいに困難になっていき、ついに最初の死者が出る。すると、宙航士たちの気分はたちまち一変した。

クウォーンは、だれかが謀反をくわだてていると感じた。ミルトン・ルーカスが煽動《せんどう》しているのではないかと推測したが、いつも技師はそつなくふるまい、疑念を確証することはできなかった。ほかの船長三名はなにかと支援してくれたが、それでもクウォーンに対する乗員たちの抵抗は日増しに強まっていった。この状況の原因は乗員たちの心理的負担にあると、クウォーンは考えた。かれらの大部分は、銀河系船団が全滅してM-82にのこったテラナーは自分たちだけだという現実と折り合えずにいる。そのため、自制心を失って暴力的衝突をけしかける男女があとを絶たなかった。

クウォーンは、銀色人たちがいわくありげなゲームをしていると確信し、テラナーにとってメリットとなるものを引きだそうとしていた。だが、成果はなかった。

＊

それが、NGZ四二六年六月十六日における状況だったのだ。

「武器を置け、ミルトン」アルカー・クウォーンはもとめた。

「宇宙空間であなたを殺すべきだった」

「そのほうが人目につかなかっただろうな」

「すべての責任はあなたにある。あなたが死ねば、状況はみんなにとって改善される」

クウォーンは、ルーカスの目のなかの危険な光に気がついた。この脅しを深刻に受けとめなければなるまい。かれがきたのは自分を脅迫するためでも、ひるませるためでもない。殺すためなのだ。

クウォーンは両手のおや指をベルトにかけ、ことさらにおちついて余裕があるふうをよそおいながら、ミルトンにつかみかかるチャンスはあるだろうかと考えた。だが、不意討ちするには距離がはなれすぎている。

「わかっている、ミルトン。きみは、わたしを脅迫するのが間違いだったことをはっきり悟ったものだから、殺すことで状況が改善されると考えているのだ。おろかな！　きみのように聡明な男がこのような愚行に走るとは、そぐわないではないか？」

ミルトン・ルーカスの顔は蒼白だった。額に汗が浮き、目のなかの光がちらちらと揺れている。かれは武器を持ちあげた。プロジェクターの発射フィールドが点灯する。いまや、軽くボタンを押すだけで、死の炎がクウォーンを襲うはずだ。

「自分がなにをしでかしたか、あなたはわかっていないんだ」ルーカスの声は怒りで震えている。「あのコンピュータを破壊してはいけなかったのに」

「おお、これはこれは。きみはまだこだわっているのか？　そのために殺人をおかすつもりなのか、ミルトン？」

　そのとき、背後でドアが開き、ルーカスは武器をおろした。発射フィールドの光は消えた。

　入室したのはソクラト・カルティシスだった。

「ノックもしないですみません、アルカー。話があるんですが」

　ルーカスは武器をベルトにおさめた。このときになって、副長は場のようすがおかしいことに気がつき、

「なにかあったんですか？」

「いや、なんでもない。ミルトンはわたしに見せるものがあってきたのだ」と、クウォーンは答えたあと、コンピュータ専門家にうなずき、「わかった、ミルトン。もう退室していい」と、告げた。

　狼狽《ろうばい》し、青ざめた顔で部屋を出る技師のうしろ姿を、カルティシスは目で追った。やがてドアが閉じると、

「なにがあったのか、話してくれませんか、アルカー？」

「あとでいい。たいしたことではない。それよりわれわれのことを話そう。このままで

はどうにもならない、ソクラト。乗員たちの雰囲気は最悪で一触即発の状態なのに、銀色人はなにも気づいていない」

「宇宙船をはなれたのは間違いだったかもしれません」

「そうするしかなかった。敵はなんの苦もなくわれわれを射撃していただろう。忘れたのか？」

「わたしは忘れていませんが、いまそのことを信じる者はいないでしょう」カルティシスは椅子に腰をおろし、探るように船長を見た。「どうするつもりですか？」

「銀色人と話す必要がある」と、アルカー・クウォーン。

「先ほど偶然耳にしたんですが、ヘンリー・シーマが乗員たちを煽動しているようです。ステーションを乗っとるのはいいアイデアだと考えているらしい。この銀河内を進攻する拠点となるのではないか……と」

「なるほど。シーマならそう考えて当然だな」

クウォーンはデスクの前に腰をおろした。メモ用紙になにかを書いてポケットに入れると、ついてくるよう副長にもとめた。

「どこに行くんです？」

「当然、シーマのところだ。くだらない考えを捨てさせなければ」

通廊に出ると、クウォーンはすばやくメモ用紙をカルティシスに手わたした。

「われわれがつねに監視されていることはまちがいない。悟られないように作戦を遂行しなくては。でないと、話し合いにもっていくことはできまい」

カルティシスは内容を理解し、メモ用紙を急いでポケットに入れた。

監視されていることは、かれにもわかっていた。銀色人だって、武装した二百名近い男女を自由に歩きまわらせておくわけがない。つまり、アルカー・クウォーンをはじめとする四船長が集まって銀色人への対応策を話し合う方法は当然、除外される。このようにして練られた計画は、最初から失敗することがわかっているのだから。

カルティシスはクウォーンの顔をちらりと見てうなずき、

「考えが浅かった。あなたがいろいろ考慮していることを知っておくべきでした」と、おのれの非をとがめた。

「もういい」

ふたりはひろい部屋に足を踏み入れた。そこにいたのは、男女四十名と《オサン》船長のヘンリー・シーマだった。

宙航士たちは、しぶしぶクウォーンとカルティシスに場所をあけた。大部分はいらだっている。

その態度によってわたしの意向を満たしていることに、かれらは気づくまい……と、クウォーンは内心で考えた。かれらはこちらが望むとおりの反応をするだろう。

「きみを待っていた」ヘンリー・シーマが口を切った。顔はいつものように青白い。口のはしに垂れかかった髭を神経質そうにわきになで、「もうこれ以上、つづけるわけにはいかないだろう」

「ロボットのために命を危険にさらすなんて、考えられません」と、一女性がいう。

「いったいだれのために仕事しているんですか?」ハリス・ボストンは声を張りあげた。

「銀色人のため? いいかげんに事実を知りたい。かれらと話させてください」

「われわれをだませるとは思わないでしょう、アルカー・クウォーン?」と、いったのは、背の高いやせた男だ。「われわれが不快な仕事をするのと引き換えに、かれらはあなたにいったいなにを約束したんです?」

「乗員を犠牲にして、自分の安全をはかろうとしているんだ」一航法士が糾弾《きゅうだん》した。

「ほかにまだあるか?」アルカー・クウォーンはヘンリー・シーマの横に立った。「鬱憤を晴らしたほうがいい、諸君。わたしはそのためにきたんだ」

黙って指揮官を見つめる人々の目に、ありとあらゆる感情が反映していた。立腹している者、憎んでいる者、さげすんでいる者……けれども、それまでと同じくかれを信頼し、支援を期待している人々もいる。

ヘンリー・シーマはクウォーンのそばをそっとはなれた。クウォーンに対する反発をあおったのは自分だが、公然と立ち向かう勇気はない。シーマは、ずいぶん前から不満をいだき、なにかが起きて状況が好転することを願っていた。だが、ほかの船長が上に立つかぎり、アルマダ作業工や銀色人に対してみずから嵐を巻き起こし、闘士たちをひきいる気がまえはなかった。批判して議論を引き起こすのが自分のやり方で、できれば強力な反対はないほうが好ましい。そのやり方が善意によるものであることは、疑問の余地がなかった。シーマの願いは状況改善であり、なにかを進展させること。クウォーンを指揮官の座からおろすつもりはない。かれがこのやり方によって行動を起こし、自分の意向にそう処置をしてくれたら充分なのだ。

「これからアルマダ作業工〝アルファ〟のところに行く。これまでわたしとの交渉にあたってきたロボットだ。いまから十時間以内に銀色人のひとりと話せないかぎり、今後いっさい協力しないと告げるつもりだ」

「消極的抵抗をするんですか？」なみはずれて魅力的なブロンドの女がたずねた。

「そうだ。ほかの方法で話し合いにこぎつけようとこれまで長いこと努力を重ねてきたが、忍耐はもうつきた。わたしがきみたちと同じように考えていないと、ほんとうに思っているのか？」

「拒否された場合は、どうなるんです？」と、女が訊いた。

クウォーンはにっこりした。農民を思わせる赤ら顔は、お人よしで信頼できる印象をあたえる。かれをよく知らない人間は、この男から攻撃されるとは思いもしないだろう。

「ほかのかたちによる抵抗もある」と、クウォーンは応じた。

それを聞いて、数人の男女が笑った。群衆の心がすばやくしずまったのは、クウォーンにとって意外なことだった。

「さ、これからアルファと対決だ」かれはカルティシスにうながした。

6

アルカー・クウォーンとソクラト・カルティィシスがアルマダ作業工アルファのところに向かったころ、ペリー・ローダンは《バジス》をはなれた。

ラス・ツバイの発見した無人宇宙船四隻の運命を解明するという任務を受け、軽巡洋艦十隻が出発していた。ローダンはそのうちの一隻に、グッキー、ツバイ、フェルマー・ロイド、イルミナ・コチストワとともに乗りこんだのだ。発見されたのはコグ船《パーサー》、《オサン》、《ロッポ》と、カラック船《フロスト》。同時にローダンは、利用可能な手段すべてを使って〝白いカラス〟を捜索するよう命じていた。

「われわれ《バジス》搭載艦隊は可能なかぎり背景にひそんで行動する」と、軽巡洋艦の各艦長に説明する。「できるだけ長いあいだ、想定する敵に見られないようにすること」

軽巡洋艦《コブラ》は、ローダンが司令室に到着した一時間後、ほかの九隻とともに遭難船四隻の方向に向けて出発した。そのあとを、かなりはなれたポジションから《バジス》が追った。

＊

アルマダ作業工アルファは、アルカー・クウォーンとソクラト・カルティシスに向かってきた。つまり、テラナーは実際に常時、監視・盗聴されていたわけだ。

「会えてよかった。きみを探していた」船長は語りかけた。

「あなたの乗員たちは騒がしい」ロボットはいった。「それに、ここ数日間の狩りの獲物は嘆かわしいものです」

「これより先、かれらが獲物をもたらすことはない」クウォーンは応じた。「まずはこのステーションの最高指揮官に会わせてもらおう。話はそれからだ」

「話なら、いまここで。指揮をとっているのはわれわれアルマダ作業工ですから」

ロボットのあからさまな嘘に、クウォーンは間髪《かんはつ》をいれずに反応した。

「帰ろう、ソクラト。見てのとおり、だれも和睦する気がないらしい。真実に反することをいわれてわれわれが引きさがると思っているんだ」

クウォーンが踵《きびす》をかえして歩きだすと、カルティシスもそれにつづいた。

「待ってください」アルファに呼ばれても、テラナーふたりは聞こえないふりをした。

ヘンリー・シーマと乗員たちが待つ部屋にもどると、多数の男女がよってきて質問攻めにされた。マット・デュランテとボルト・ポップもいる。

「まだなにも起こっていない」クウォーンは声高に告げた。「忍耐が必要だ」

「あとどのくらい?」と、シーマがたずねた。

「アルマダ作業工アルファがくるまで、きみたちとともにここで待つ」

そのとき、男数人がカードゲームをしているのが、かれの目にとまった。

「ひと勝負するのもいいかもしれないな」と、いい、そのテーブルの前に腰をおろす。

「そういうわけにはいかない」シーマが抗議した。「もっと話してもらわなくては」

「ソクラトに訊いてくれ。かれも居合わせたんだから」クウォーンはかぶりを振ると、カードを受けとってゲームにくわわった。最初のうちはなにごともなく進行した。三人の対戦者は、かれを仲間にくわえたのは儀礼上だということをかくそうともしなかった。次にクウォーンは、わざと対戦者が唖然とするようにカードを配った。

「それはいかさまですよ、アルカー」対戦者はいい、カードを床に投げようとする。

「ばかな」と、クウォーンは応じた。「きちんと整理すれば、すべて理にかなっていることがわかる。おい、ソクラト、なにがあったか話してやってくれ」

指揮官の奇妙なふるまいに人々はいらだち、ソクラト・カルティシスに質問しながら騒ぎはじめた。クウォーンは対戦者にいわくありげな視線を送る。対戦者はカードをあらためて整理し、アルファベットが一定の組み合わせになったところで手をさげた。と、そのとき、それまで拒否的だったかれの態度が変わった。べつのライトのなかでクウォーンを見たからだ。

かれは理解した。

インターコスモのアルファベットすべてをふくむカードを使ってクウォーンが伝えたのは、〝われわれは戦う〟というメッセージだったのだ。

こうしてゲームはスタートした。故意に選んでカードを配ったために進行は変則的だったが、文句をいう者はない。やがて、クウォーンはゲームのスピードをあげ、急いで命令を伝えた。ほかにすることもないのでゲームを見にきたほかの者たちも、ことのしだいに気づき、クウォーンがカードを組み合わせてつくった言葉を読んでいる。正しい文字に配列するのが困難になると、カードの表を上に向けて床に置いた。それもゲームのルールが許容するやり方のひとつであるかのように。

半時間が経過したころ、室内にいた男女の大部分は状況を把握した。場の雰囲気は一変し、コグ船三隻とカラック船の乗員たちは、クウォーンのもとに一致団結したのだった。独創的なまでに単純なトリックを使って、銀色人およびアルマダ作業工の裏をかくことに成功した指揮官のもとに。

コンピュータ専門家のグループは、この状況のもとでなるべく人目につかないようにしながら、計画した反撃の最初の準備をおこなった。

＊

《コブラ》は遭難した楔型船四隻に接近していく。グッキー、ペリー・ローダン、フェルマー・ロイドは、ラス・ツバイのいる司令室に足を踏み入れた。「これが乗員のいなくなった楔型船です」

「いいところへきてくれました」と、ツバイが語りかけた。「これが乗員のいなくなった楔型船です」

宇宙船の探知リフレックスがスクリーン上にくっきりとうつしだされている。

フェルマー・ロイドはかぶりを振り、黒髪をなでた。

「思い違いだったな、ラス。全員が宇宙船をはなれたわけじゃないぞ」

「そうだね」グッキーが口をそえる。「ぼくら、インパルスを受信したんだ。若者がふたり、船内にいるぜ。愛し合ってるのに喧嘩してる。愛し合ってるから、かな」

「若者二名？」ローダンが訊きかえした。

「うん。甘ーいカップルだね」ネズミ＝ビーバーはくすくすと笑いながら肯定した。

「たったいま仲なおりしたところ。こんどはなぐさめ合ってるよ」

「グッキー」ローダンがたしなめる。「あまりあからさまにいうものではない」

グッキーは、ふいに思考からさめたようすで、

「なんていったんだい？」と、訊いた。

「かれらのところにジャンプするといい」と、フェルマー・ロイドがすすめると、「待て」と、ローダンが応じた。「乗員が船をはなれた理由と行き先はわかるか？　搭載艇を使ったのか、それともべつの力が絡んでいるのか？」

「まだわかんないな」イルトは答えた。「ラスといっしょにあっちに行って、まずはようすをみるよ」

＊

二十四名の男たちが入室したのは、多数のアルマダ作業工が大きなマシンの周囲で働いている部屋だった。はげしく損傷したロボット一体がマシンに付属するエネルギー・フィールドに載せられ、回転している。アルカー・クウォーンは宙航士たちを室内に通すと、即座にアルマダ作業工アルファに歩みより、話しかけた。ソクラト・カルティシスはクウォーンの横にいるが、ほかの男女はドア付近にかたまって立ち、ふたりを目で追っている。かれらは声高に議論をはじめた。

その人々にかくれて、マイクロキッドとハリス・〝豚頬肉〟・ボストンが壁をつたって室内を進み、やがて床にすわりこんだ。壁にあるカバーを手際よく開け、ポジトロン回路を露出させる。クウォーンは、ふたりが作業に必要な時間を稼ぐため、アルマダ作業工との話を長びかせようとつとめていた。

マイクロキッドとハリス・ボストンは、早く終わらせようと必死で作業を進めた。このコンピュータも異星のものだが、それでもべつの場所で何度かいじったことがあった。そのため、変更すべき回路を見つけるのにそれほど時間はかからない。

作業を終えてカバーをふたたび閉じたときには、二分もたっていなかった。ふたりは立ちあがってなにげなく声をかけ、話を打ち切ってだいじょうぶだとクウォーンに知らせた。指揮官はアルファに、依頼主に会わせろと強い語調で念を押し、宙航士たちを引き連れて部屋を出た。

それから五分もしないうちに、クウォーンはべつのロボットに話しかけた。アルファに要求してもむだだ、伝達する気がないので、と主張すると、そのロボットははげしく抗議した。

指揮官が話しているあいだに、コンピュータ専門家ふたりは乗員二十数名にかくれてまた床にしゃがみ、壁のカバーを開いて、ここでも制御コンピュータの回路を変更した。警報は鳴らなかった。かたいガードのおかげで、見えないところに設置された監視カメラからもとらえられずに作業ができたのだった。

二度の成功に気をよくしたクウォーンは、グループを引き連れてステーション内をさらに移動していった。大型シャフト、組み立てライン、牽引ビーム発生装置、エネルギー遮断機などのそばに立ちどまっては、アルマダ作業工に話しかける。戦略的に重要な場所にロボットがいない場合は、ソクラト・カルティシスがクウォーンに喧嘩を吹っかけて、乗員たちに対する配慮がたりないと非難した。

この非難はひそかに監視している者たちの耳にもとどくはずだ。計画どおりに、宙航士たちの激烈な論争がはじまる。そのおかげでマイクロキッドと汗かきのハリス・ボストンは、音をたてないよう細心の注意をはらわずとも作業にはげむことができた。

クウォーンは、二時間後にグループを連れて宿舎にもどり、アルマダ作業工狩りに行けという要求がスピーカーから流れるのを無視してカードゲームをはじめた。こうして、すでに成功したやり方でマイクロキッドと情報を交換した。

そのとき、ふいにドアが開いてアルマダ作業工アルファが入ってきた。

「じきにショヴクロドンに会わせると約束したではないですか。なぜ乗員を狩りに行かせないのです？　われわれにとって重要なことなのに」

「約束はもはや意味を持たない」クウォーンは、カードから目をそらさずに答えた。アルファの言葉をすこしも気にとめないそぶりだが、実際には注意深く聞いている。アルマダ作業工がだれかの名前を口にしたのは、最初の出会い以来はじめてのことだった。

ショヴクロドン。

ステーション内に亡霊のようにあらわれては消える銀色人のひとりが、この名前の主にちがいない。

「あなたは大変な誤りをおかしています、アルカー・クウォーン」アルマダ作業工がいった。「わたしの依頼主になにかをするよう強制することはできません」

クウォーンは最初のカードを出すと、マイクロキッドに向かっていらだったように手を振り、対戦をもとめた。〝きみに勝ち目はない〟というジェスチャーをすると、コンピュータ設計士もそれに同調して、

「望みなしだ」と、うめき声を出す。「つきがよすぎるんですよ。この手はもういい。次の勝負にいきましょう」

「アルカー・クウォーン」アルファが呼びかけた。「いいですか……」

すると、ソクラト・カルティシスがアルマダ作業工の前に立ちふさがり、わきに両のこぶしをあてた。

「マイクロフォンをきちんとセットしなかったのか？　ショートしたか？　それとも、換羽《かんう》がうまくいかないのか？」

「意味がわかりません」と、ロボットが答えた。「換羽とはなんです？」

「いいかげんに失せろといったんだ。いたってかんたんではないか？」

「クウォーンに出動命令を出すようにいってください。でなければ解任します」

在室する宙航士たちは、それを聞いてげらげらと笑いだした。

「その権限はきみにはない」カルティシスがいった。「さ、もう行ってくれ。今後の共

同作業がどのような前提のもとでおこなわれるか、わかったはずだ」

アルファは、なにもコメントせずに部屋を出た。

マイクロキッドがそのあとを追い、監視するためにドアのところに立ちどまった。アルファは下方への大型シャフトのひとつに滑りこんだ。テラナーの立ち入りが禁止された領域に向かうシャフトだ。

マイクロキッドは右手の通信機に左手を滑らせ、複数あるボタンのひとつを押した。アルファは突然、すごい速度でシャフトを落ちていく。警報がけたたましく鳴りはじめ、はげしい衝突音がそれにつづいた。

コンピュータ設計士はロボットのことが心配でたまらないふうをよそおい、大型シャフトに駆けよって見おろした。

シャフトの底でアルファの残骸が煙をたてている。だが、シャフトのなかはふたたび安全な下降速度が支配していた。

アルカー・クウォーンやほかの宙航士たちも通廊に出てきて、なにも知らないふりをよそおった。

「なにがあったんだ？」と、ハリス・ボストンがたずねると、

「アルファが墜落した」マイクロキッドが答えた。「大型シャフトが故障したらしい」

ほかの部屋からも大勢の男女が出てきて、興奮したふりをしながらたがいに話し合っ

ている。銀色人のような異星の生物形態には、ほんものの感情と偽りの感情の区別はできまい、と、全員が確信していた。かれらの話し声はやかましくて、だれがなにをいっているのか、もはやひと言も聞きとれないほどだ。

上方のスピーカーからどなり声の命令が響いたが、だれも気にとめるようすはない。

アルカー・クウォーンは乗員たちの先頭に立ち、通廊を通りぬけて、すでに何度かきたことのあるマシン・ホールに移動した。多数のアルマダ作業工が宇宙船パーツの組み立てにたずさわっている。ホール内を横断する幅ひろい搬送ベルトは、パーツの運搬のほか、ロボットの移動にも使用されていた。それにより、ほかのロボットのじゃまをしたり妨げたりすることなく、迅速に移動できる。

アルマダ作業工一体が向かってきた。

「なぜここにきたのですか?」ロボットがはなれた場所から大声で呼びかけると、

「ショヴクロドンと話す必要がある」と、クウォーンは応じた。「すぐに連れていけ」

かれはアルマダ作業工二体が搬送ベルトに乗るのを目にすると、マイクロキッドに合図を出した。コンピュータ設計士はすぐに反応し、搬送ベルトの細工ずみ制御コンピュータにアームバンド装置から指令を送った。すると、搬送ベルトが加速。巻きこまれたロボット二体は飛びおりようとしたが、ほかのマシンにぶつかるのを避けるためには待つほかない。だが、すでに遅く、ベルトの終点で壁に激突し、残骸となって床に転がった。

「アルマダ作業工が自殺したぞ！」と、カルロス・モンタテスがどなる。「なぜそんなことが起こるんだ？　いったいなにをした？」

「理解に苦しむ」マット・デュランテは憤慨していった。「われわれは命の危険をかえりみずにロボットを捕らえたのに、だれも自殺をとめないとは」

そのとき、ホールの反対側にある装甲ハッチが開いてロボット一体が入ってきた。ところが、まだ入りきらないうちにふたたびハッチが閉じたため、ロボットは粉砕された。つづいて重さ数トンもあるプレートが天井から剝がれ、轟音をたてて床に落下。搬送ベルトと装甲ハッチを制御していたコンピュータがその下敷きになって崩壊した。

「撤退！」アルカー・クウォーンは大声で命じた。「宿舎へ。アルマダ作業工は制御不能におちいっている」

ロボット一体がクウォーンの発言に大声で抗議したが、クウォーン配下の男女は注意をはらわないどころか、聞く耳すら持たないようすだった。行く手にべつのロボットが立ちふさがると、かれらはつかみかかって高く持ちあげ、転倒させた。ロボットはカーヴした背面を下に、カブトムシのように手足で宙をこいでいる。

「完全に自然発生的に見えますね」船長とならんで進むソクラト・カルティィシスが小声でいった。「なにが起きているかを知らなければ、信じてしまうところだ」

男数名がべつのロボットを大型シャフトに投げこむ。さらにもう一体が前に立ちふさがったので、かれらは分子破壊銃でガス化した。

すると、強力な装甲ハッチがゆっくりと閉じ、宿舎への道がふさがれた。

「右へ！」クウォーンが大声で指示を出す。「われわれが自室にもどるのをショヴクロドンが望まないなら、内部のようすをちょっと見せてもらおう」

マイクロキッドは、一製造室に通じるドアの制御コンピュータをブロックし、全員が通らないうちにドアが閉じるのを防いだ。グループが二分されないためだ。すると、アルマダ作業工七体が威嚇的にかれらの前に立ちふさがった。

「ここはまったく無秩序だ」指揮官はいった。「完全に制御不能になる前に破壊する」

「やめなさい！　撃ってはいけません」複数のスピーカーから声がとどろいた。「あなたたちは自分自身の力を弱めることになります」

「たちの悪いトリックにすぎない」と、クウォーンが返答した。「われわれはリスクを冒すわけにはいかない」

エネルギー兵器が鋭い光をはなち、強い破壊力を持つビームが音をたててロボットを貫通した。たちまち七体ぜんぶが破壊された。

クウォーンは急ぎ足で前進しつづけ、やがてある胸壁の手前で足をとめた。そこから、下階のホールを見おろすことができる。

「この施設の謎がここに集約されているようですね」マイクロキッドがかれの横に立ちどまった。「捕獲したアルマダ作業工は、ここで完全に銀色人の思いどおりに改造され、奴隷にされるんだ」

二本ずつセットになった牽引ビームがほのかに光る柱をなし、そのあいだに数百体のアルマダ作業工が保管されていた。その周囲では、すでに改造のすんだロボットが活動し、捕獲されたロボットのポジトロン部品に多数のケーブルをとりつけている。こうして捕獲されたロボットは、ホール中央に位置する、スペース＝ジェットほどの大きさのコンピュータと接続されるのだ。

「混乱はまだ充分ではない」クウォーンは、小声でコンピュータ設計士にいった。「もうすこし手をくわえる必要がある」

「どうすればいいんです？」

いまもなお常時監視されていると考えられるので、謎の宇宙ステーション支配者にジェスチャーを通してこちらの意図を読みとられないよう気をつけなければならない。

「あっちの奥で宇宙船のパーツが圧縮されている」船長は声をひそめた。

「ええ、プレス機が見えますが……なるほど、アルカー、グッドアイデアですね」

指揮官は指二本を口にくわえて鳴らし、同行した男女の注意をうながす。たちまち話し声はやんだ。

「前進だ。あとにつづけ」と、命じる。

下方に傾斜した搬送ベルトに乗ると、目に見えない牽引フィールドにより加速されてつんのめりそうになった。拘束されたアルマダ作業工がならぶ長い列のわきを通過し、だれからも制止されずにプレス機まで到達。だが、ここで床の開口部から多数のロボットが出現した。みなブラスターをそなえているが、銃口は向けず、把握アームと触手アームでテラナーをとめようとしている。

マイクロキッドは回転しながら跳びおりてロボットをやりすごし、プレス機のスイッチを入れた。ほかの男たちも理解してすぐさまつかみかかったので、アルマダ作業工は意表を突かれた。ブラスターを作動させるひますらなく、メタルプレス機の巨大な成型パーツのなかに引きこまれ、すさまじい音をたてながら変形していった。

「開口部をふさげ」クウォーンが命じる。「これ以上、アルマダ作業工が出てこないように」

マイクロキッドとハリス・ボストンは、たくさんの瓦礫のそばを駆けぬけて制御盤の前で膝をつき、カバーを開けて制御コンピュータを操作した。攻撃してくるアルマダ作業工とテラナーのあいだに赤い光をはなつエネルギー・フィールドが発生し、ロボットは前進を阻《はば》まれた。数体の発射したエネルギー・ビームは、力なくはねかえされた。

「調教してやるさ」と、カルティシス。「だが、アルマダ作業工が暴走していることに、そろそろ気づいてもらわなくては」

エネルギー・バリアは消滅し、ロボット数体がテラナーに襲いかかってきた。そこへマイクロキッドが次の攻撃に出る。天井の下にもうけられた牽引ビームのスイッチを入れると、アルマダ作業工がふいに床をはなれ、天井すれすれまで浮上。そこで牽引フィールドをオフにすると、ロボットはホールの床に墜落し、崩壊した。

数分間は、テラナーがアルマダ作業工を撃退してホールを支配できるかに見えた。だが、戦略上の基本的立場が悪すぎた。ロボットが遠距離から射撃しはじめれば、戦いはあっけなく終わるだろう……マイクロキッドが防御バリアを再構築できないかぎり。

「どうした?」クウォーンは大声で呼びかけた。「なぜバリアが張れない?」

「だれかが動力源をストップしたようです。わたしにはどうにもできません」と、設計士は応じた。

驚いたことに、アルマダ作業工は退却をはじめた。これを見て、戦闘に勝利をおさめたと思った乗員もいたほどだ。

だが、そこで状況は一変した。

クウォーンがあらためてホールを詳細に調査したいと考えた矢先に、四方八方のドアが勢いよく開き、アルマダ作業工がテラナーに向かって洪水のように押しよせてきたのだ。銀色人の助手であるロボットは武器を持たず、把握アームと触手だけを使ったが、驚くほど手際がいい。数分間にわたりはげしく戦ったのち、クウォーンは抵抗を全面的に禁じるほかなくなった。ロボット十数体を破壊したものの、その数を決定的に減らすにはいたらない。

乗員たちは、ロボットに前面をふさがれて宿舎に連れもどされた。全員がなかに入ると、ドアが音をたてて閉じた。マット・デュランテは開けようと試みたが、監禁されていることを確認しただけだった。

7

「キャロル、どこに行く?」トア・レイフが呼びかけた。「まだ倉庫の奥にかくれていたほうがいい。たのむよ」

「いやよ」若い女はブロンドヘアを額からかきあげた。「なにか状況が変わった気がするの。こんなせまいところにいるの、もうたくさんだわ」

「異星人が司令室にいたら、おしまいじゃないか」

女は悲しげにほほえみ、片手をさしだした。

「トア、わたしたちが《フロスト》にとりのこされてもう一カ月よ。クウォーン船長やほかの乗員たちとともに下船しなくてたしかに正解だったけど、いつかは司令室に行ってようすを見なくちゃ。もしかすると、銀河系船団のほかの宇宙船がまだ存在するかもしれないもの。アルマダ作業工のいったことがほんとかどうか、わからないわ」

女はからだの向きを変え、振り向くことなくゆっくりと進みはじめた。しばらくして背後から足音が聞こえたので、女は笑みを浮かべた。

かれがわたしをひとりで行かせるわけはないもの。当然だわ。

それから、はっとした。

ほんとうにトアの足音？　男ふたり以上の足音ではなかったかしら？

ぎょっとして足をとめ、耳をそばだてる。やっぱりそうだ。

トアはひとりではなく、だれかといっしょだった。

うしろを振り向き、驚いて目を見開いた。愛する男の横にいたのはラス・ツバイだった。

トアは満面に笑みを浮かべた。

「ほら、いったとおりだろ。司令室に行く必要はないって」

「ラス」安堵した女の目に涙があふれる。「あなたがここにいるってことは、《バジス》が近くにいるのね。やっぱり破壊されてなかったんだわ」

テレポーターに駆けより、大よろこびで抱きしめた。

「ずいぶん熱狂的だなあ」グッキーがわきから甲高《かんだか》い声でいった。「情熱を発散するんだったらさ、ぼくもここにいるってこと、考えてほしいな」

女は笑ってイルトにも同じようにした。だが、グッキーは彼女のあふれるよろこびをなだめて、

「やりすぎだよ、お嬢さん。ほら、トアの鼻のまわりが青くなってるじゃんか。ぼくみ

たいな、やり手のウサギにやきもちやいてるんだよ」

「ウサギ？」キャロルは不思議そうに訊きかえす。「あなた、ネズミでしょ？」

グッキーはびくりとして、

「もう一度そんなことといったら、二度とぼくの耳をなでさせないからね」と、興奮する。それから咳ばらいして、いいそえた。「とりあえず、きょうのところはさ」

「あら、ごめんなさい」女はびっくりしたようすだ。「侮辱するつもりはなかったの」

グッキーは満足げに一本牙《きば》をむきだし、目をぱちぱちさせた。キャロルはわけがわからない。

「なにがあった？」ラスは司令室に通じるハッチを開いた。「カラック船とコグ船の乗員が船を捨てたのはなぜだ？」

トア・レイフはことの経緯を報告した。

「とんでもないことだと思い、われわれ、アルマダ作業工から身をかくしたんです。それは正しかったと思いますが、それきりアルカー・クウォーンもほかの人々も音沙汰なしなので」

「ときどき司令室に行くことはできたはずだろう」

ツバイがおだやかに叱責すると、レイフは困惑して視線を落とした。

「無限アルマダの戦闘ロボットが司令室を見張っているかもしれないと考えたのです。

命を危険にさらしてまで、探りを入れたくなかったので」

「わかった」ツバイは応じた。「このケースではそれでよかった。司令室は見張られていなかったが、どのみち銀河系船団の所在について探りだすことはできなかっただろうから」

ツバイが通信装置をオンにしようとすると、イルトが制した。

「必要ないよ。とっくにフェルマーに知らせたからさ。ぼかあ、のろまじゃないんだからね」

「ときどきカモみたいにのろく歩くけどな」

ツバイに軽くあしらわれ、グッキーはいきりたった。喧嘩腰で応じようとしたが、混濁した意識をすっきりさせようとするように頭を左右に振った。

「《コブラ》がなにかを探知した。たったいまフェルマーのインパルスがとどいたんだ。ちょっくら周囲を探ったほうがいいらしい」

かれは探知スタンドまでテレポーテーションし、シートにゆったりと身を沈めた。司令室内を歩く気にはなれない。よちよち歩きだと、ラスにもう一度いわれたくなかったから。

テレキネシス技術をいくつか使って探知装置のスイッチを入れ、アンテナを合わせた。

「フェルマーとペリーがいってたし、ジェルシゲール・アンと、それから白いカラスもいってたことだけど、あれがアルマダ工廠《こうしょう》かもしんない」

「ものすごく複雑だったようだね」ツバイはいいながら探知装置を調整する。

「そうだね」イルトが答えた。「残念ながら」

「大きな円盤だ」と、トア・レイフ。

「飛行可能な円盤だろうな」ツバイは応じた。「わたしが前に見た宙域から移動したらしい」

「周囲にアルマダ艦がうようよしてる。わりとちいさなアルマダ部隊だけど、それでもそうとうな数だ。あそこにあるちっぽけな点はアルマダ作業工かな」

　グッキーは、円盤の間近を移動するいくつかの光点をさししめした。

「アルカー・クウォーンとほかの乗員たちはあの円盤のなかにいるね。《フロスト》からニンジンを一本賭けてもいい」ネズミ＝ビーバーが断言した。

「きみはニンジンを持ってないし、《フロスト》もきみのものじゃない」と、ツバイがいった。「賭けに負けたら、どうやって支払うつもりだ？」

「なにかしら思いつくさ」

＊

《フロスト》船内でグッキーが賭けをしているころ、銀色人の宇宙ステーションでは、アルカー・クウォーンが何週間も前から待っていた変化が起こった。

かれが乗員たちとともに囚《とら》われている部屋のドアが開き、アルマダ作業工一体が入ってきた。胴体上部から腕くらいの太さの柱二本が突きだし、先端にある高エネルギー武器の放出プロジェクターと、それに付随する光学照準が回転しはじめた。

アルカー・クウォーンはロボットに接近し、

「ここになんの用だ？」と、たずねた。

「対談のためにあなたを迎えにきました、アルカー・クウォーン」ロボットは答えた。

「対談？　だれとだ？」

「一指揮官とです」

室内にざわめきが起こった。それは、乗員たちの驚きと、作戦成功に対するよろこびの大きさをしめすものだった。

クウォーンは安堵の息をついた。

とうとうその時がきた。数週間前から切望し、何度もたのんだが、聞き入れてもらえなかった。過去数時間の武力行使によって、ようやく望んでいた成功がもたらされたのだ。

「もう充分に待った」と、ミルトン・ルーカス。

「よし。行こう。銀色人のところへ案内してくれ」船長はドアに向かった。

「その前に、満たしてもらう条件があります」アルマダ作業工が説明する。

「それはなんだ？」

「すくなくとも一部隊を狩りに送りだすよう、指揮官は望んでいます。われわれ、アルマダ作業工をもっと必要としているので」

「それはできない」マット・デュランテが応じた。

クウォーンが冷ややかな笑みを浮かべてちらりと見ると、《パーサー》船長はさらなる発言をひかえた。

「どういう理由で部隊を狩りに送りだす必要がある？」クウォーンは質問した。「なぜ、それが対談前の条件なのか？ そのことを銀色人と話さなければ」

「アルマダ作業工が使用不能になったのは、あなたたちのせいです。あなたたちがアルマダ作業工を射撃し、破壊したからです。その欠損を埋めてもらわなくては」

クウォーンはすぐに答えない。男女による小声のざわめきと、いらいらと足で床を踏む音が聞こえてくる。

ここで過ちをおかすことは許されない。何週間も前から待っていた瞬間がきたのだ。

銀色人とは何者なのか？ これまで姿を見せなかった理由は？

銀色人は無限アルマダ内で特別の地位を持つはずだ。かれらのアルマダ炎がほかのアルマディストたちのものと違っていることからも、それは察せられた。かれらのはきわだって明るい。

過去数週間に銀色人を何度か目にしたが、ほんの一瞬でおぼろげだったので、細部は認識できなかった。ほかの乗員たちもそれは同じだ。観察したことをすべて報告させ、詳細に描写するよう命じたにもかかわらず、アルマダ作業工の謎めいたリーダーの像はすこしも明白にならなかった。

それが、いまになって姿を見せようというのは、なぜだ？

コンピュータ専門家たちの作戦行動とそれにつづくロボット破壊が持続性のある強い印象をあたえたために、これ以上われわれを避けるわけにはいかないと考えたのか？

こちらが徹底的に攻撃すれば最大の困難がもたらされると、かれらにはよくわかったのだ……クウォーンはそう結論した。われわれの作戦行動が強い警告であることを理解して、大きな戦闘を回避したいと考えている。武力ばかりか技術的トリックをも使うことがわかったはず。しかも、トリックはいくらでもある。

クウォーンは、無意識にマイクロキッドの顔を見てうなずいた。

よくやったぞ！

コンピュータ専門家はにっこりした。指揮官のいわんとすることを理解したのだ。

銀色人にもっと圧力をくわえ、暴力行為をさらに激化させる価値があるだろうか？

答えはノーだ。いまは相手のオファーを受けなければならない。

「出動部隊を結成して送りだせば、銀色人と対談できるんだな？」クウォーンはたずねた。

このとき、アルマダ作業工はすぐに答えなかった。いうべき内容をリーダーがインターカムで送信してくるのを待っているようにも思われた。

「できるだけ早急に」しばらくしてからロボットはいった。

「誤解のないようにいっておくが」クウォーンは決然と言葉をかえす。「きみたちの待ち伏せ戦法もそこまでだ。部隊は送りだすが、そのメンバーがエアロックを出ると同時に銀色人と対談させてもらおう。乗員とわたしはハイパーカムによる接続をたもつ」

「あなたのいう銀色人は、突きつけられた条件はのみません」

「それならば、わたしとの対談もなしだ」

「われわれ、これ以上待つつもりはない」ボルト・ポップが強い語調でいった。「いますぐ同意しないのなら、施設もろとも打ち壊すぞ」

クウォーンはおちついて両手をズボンのポケットに入れた。

よくやった、ピッピ、と、心のなかでいう。

「承知しました」アルマダ作業工の答えは意外なほど早かった。「対談は出動部隊がもどったときではなく、施設を出発するときにします」

「志願者をつのらなければ」と、クウォーン。

ソクラト・カルティシスが最初に志願し、マイクロキッド、カルロス・モンタテス、ボルト・ポップ、さらに三人の男が申しでた。

「それで充分だ」指揮官はいいわたす。「セラン防護服、武器、非常用装備を調達してくれ。できしだい出発だ」

「幸運を祈ります」マイクロキッドが応じると、

「きみたちのほうも」

「われわれよりもきみのほうが大変かもしれないな」ボルト・ポップがいい、軽く口笛を鳴らした。

出動部隊は身じたくを手早くすませ、数分後にはクウォーンに準備完了を伝えた。

「それでは、銀色人のところに連れていってくれ」船長はアルマダ作業工に告げた。

しばらく引いていた緊張感が、かれをふたたび捕らえた。

ついに銀色人に会える時がきた。これでもっと情報を得ることができる。

ロボット狩りのメンバー七名がクウォーンの横を通過する。ひとり、またひとりと指揮官の前で足をとめ、その顔を見る。全員の目に無言のたのみがこめられていた……交渉のとき、外にいるわれわれのことを考えてくれ、と。状況によっては、かれらの命は銀色人との対談がどう進むかにかかっているのだ。

ふと、そばでこちらを見守るミルトン・ルーカスが目についた。ルーカスを出動部隊にくわえる権力を自分は持っている。命令すればいいことだ。

ミルトン・ルーカスもそのことを知っており、その目からむきだしの憎悪が注《そそ》がれていた。

だが、クウォーンはこの考えを、浮かんだときと同じくらいすばやく追いやった。

ミルトンとの対決はまだ終わっていない。脅迫者を無傷で解放するわけにはいくまい。

だが、かれを危険にさらすつもりはなかった。なにかが起きれば責任を問われることになるだろうから。

「わたしを信頼してくれ。きみたち全員をぶじにここに迎えるつもりだ」

ロボット狩りのメンバーに約束すると、かれらにつづいて通廊に出た。出動部隊はエアロックに向かい、クウォーンはアルマダ作業工のあとについて反対の方向に歩きだした。

8

わたしの評価は正しかった……と、銀色の生物は考えた。アルカー・クウォーンはわたしにとってまさにうってつけの男だ。勇敢さ、決断力、狡猾《こうかつ》さ。あのカードゲームでわたしをだませると信じたのか。ま、いい。かれは試みた。ほかのテラナーたちがかれと同じように賢明でもっとすばやく行動していれば、わたしもおそらくほんとうに気づかなかっただろう。

銀色人は、目の前にある一スクリーンを見あげた。クウォーンがアルマダ作業工とともに、長い通廊をこちらに向かってくる。その歩き方からは、そうとうな自信がうかがわれた。

アルマダ中枢は沈黙している。いまこそがわれわれの時間。ここに生じた力の空白に何者かが入りこむ前に、この時間を利用しなくては。

銀色人は小声で笑った。

わたしがきみの作戦計画をすみやかに見抜いたことをありがたく思え、テラナー。おかげでアルマダ作業工がきみたちに向かって発砲するのを阻止できた。さもなくば死者が出ていたはず。だが、われわれを不意討ちしたと信じているがいい。そのよろこびを奪うつもりはない。

＊

出動部隊の七名は、アルマダ作業工が提供した小型輸送プラットフォームに乗って宇宙空間に出た。

「慎重にやってくれ、友よ」自身をリーダーとみなすボルト・ポップがメンバーに呼びかけた。「ここでのアルマダ作業工の反応はステーション内とは違う。再プログラミングされていないし、窮地におちいれば撃ってくる。アンジェロ・ペスカの件を忘れるな。かれは作業のさいに注意がたりなかった」

ポップは軽く口笛を鳴らしながら、コースを変更して、黒い宇宙空間を背景にぼんやりと見えている大きなアステロイドに向かった。

「銀色人との対談で、われわれのためになる結果が出るといいんだが」カルロス・モンタテスがいった。「人生ののこりをロボット・ハンターとして暮らすつもりはない」

「そうするほかないかもしれないな」ソクラト・カルティシスが応じる。

「ここから逃亡して、われわれの宇宙船でどこかの惑星に行きつく手もありますよ。植民地を築けばいい。なんといっても男女合計で二百名ほどいるんだから」

ボルト・ポップは軽く笑い声をたてた。

「そうはいかないさ、カルロス。正確にいうと、われわれは三十一名の女と百六十二名の男からなる。これほどアンバランスな植民地がどんなものか、わかるかね？」

「わかりませんよ、ピッピ。だけど、あなたの論拠はやっぱり通用しません。その状況は結局のところ、惑星に降りたって、銀色人のステーションや船内と同じですから」

「それもそうだな」《ロッポ》船長は攻撃的なメロディを口笛で鳴らす。「ちくしょう、なにもかもお手あげか。どこかで極端に男不足の惑星を見つけるしかないな」

「きっとあるでしょう」と、ソクラト・カルティシス。「ただ、そういう惑星に着陸したら、とんでもない目にあいそうですね」

男たちは笑った。

真っ先にアステロイドに降りたったモンタテスは、表面にしっかりとつかまり、

「ほら」と、小声でいった。「われわれの興味を引くものが四体、すぐそこに」

ほかの者も歩みより、岩陰に身をかくした。かれらの目の前にいるのはアルマダ作業工四体で、べつのアステロイドからとりさった大きな支柱を運びだそうとしているところだった。

「多すぎる」と、ポップ。

「それなら、まず二体を射撃したらどうです?」と、マイクロキッドが提案した。「それからのこる二体を捕獲すれば、悪くない収獲ですよ」

「そのとおりだ」ポップは感心して口笛を鳴らした。「奥のほうにいる二体をかたづけてから、のこりの二体を連行しよう」

アルマダ作業工に盗聴されている可能性について意識していたが、ロボットが話の内容を理解できるだけの言語情報を持っているとは考えなかった。

ロボットの外見からは、迫りつつある危険に感づいているかどうかはわからない。

ボルト・ポップはそれでもなお、今後は声を出さず、できるだけ身振り手振りで用件を伝えるよう命じた。かれはメンバーをふたつのグループに分け、自分はマイクロキッド、モンタテスとともに危険の大きいほう、つまり、捕獲することになっている前列の二体の攻撃にあたることにした。カウンター・パンチャーをすぐに使用すると決めたのは、この武器が通信装置を麻痺させるとともに、ほかのポジトロン機器も微妙に狂わせることを願ったからだった。

カルティシスは、ポップの指示どおり、ほかの二体を射撃するために仲間三名とともにプラットフォームをはなれて浮遊していく。

ボルト・ポップは、岩壁ぞいにアルマダ作業工がかならず通過する個所に向かった。左手を高くかかげ、右手に獲物を拘束するネットを持つ。

かれは鋭い口笛を鳴らした。カルティシスへの射撃合図だ。クウォーンの代行は即座に反応。武器からビームがはなたれると、ポップのねらう二体の注意がほんの一瞬それた。ポップは岩陰を出て、一体に向かって突進する。マイクロキッドがそれにつづき、ポップを追いこした。ふたつのネットが旋回しながら暗闇を飛び、ロボットの金属ボディに音もなくあたった。ところが、わずかに早く閃光がはしる。アルマダ作業工一体がボルト・ポップをねらって発射したのだ。ビームは、ポップのからだから二センチメートルのところを通過した。発射の瞬間にマイクロキッドがネットを強く引き、ロボットの位置がずれたためだ。

だが、もう一度攻撃されればひとたまりもない。ふたりは瞬時にそう理解した。攻撃はすぐに起こるはず。

死をもたらす発射を待つ。

からだが麻痺したように動かない。安全な岩陰からはなれすぎていて逃げきるのは無理だし、ロボットからは距離がありすぎて、エネルギー・ビームで破壊するのは不可能なことをふたりとも知っていた。

迫りくる死を目前にした恐怖の瞬間、マイクロキッドの心に、短い人生におけるいくつもの段階がよみがえった。出生地スコットランドの山岳地帯ですごした子供時代。マレーシアのマラヤ大学でコンピュータを専攻し、最優秀の成績で卒業したこと。宇宙冒険に志願したときのこと。オーストラリアのパースで開かれた送別会。あのとき、シルスティンとはげしく口喧嘩した。ピットがもどるまで待つのも、宇宙への旅に同行するのもいやだと、彼女がいったから。シルスティンの涙にうるんだ目が脳裏に浮かび、その声が記憶によみがえる……〝あなた、目のくらんだおろか者だわ。宇宙でなにが得られると思ってるの？　たぶん異星生物との戦いで若死にするか、船内ですることもなくて退屈するかのどっちかよ〟

彼女のいうとおりだった！

そのとき、ボルト・ポップが小声でののしるのが耳に入った。いつのまにか時間が経過していたのだ。

アルマダ作業工はとっくに射撃したはず……

なぜ撃たない？

「わたしは気が変になったらしい」ポップが小声を洩らす。「ほんとうにネズミ＝ビーバーが見えているのか、それとも宇宙に亡霊が出たのか？」アルマダ作業工二体に巻きついて見えない手に操られたかのようにネットが動いて、アルマダ作業工二体に巻きついていた。エネルギー兵器のプロジェクターが折れて吹き飛ぶのが、マイクロキッドの目にうつった。

これがほんとうのはずはない。銀河系船団はもう存在しないんだから、グッキーがきて助けてくれるはずはないのに。

マイクロキッドがそう考えていると、見えない力につかまれて振りまわされ、長い宙がえりをして地面におろされた。

「グッキー！」あえぎながら叫ぶ。

ネズミ＝ビーバーはアルマダ作業工のほうに浮遊して一体の上にすわり、両脚を組むと、にこやかに手を振った。

ボルト・ポップは狂った調子で口笛を吹き鳴らしはじめた。ショックを受けて、そこから脱しようとしているらしい。

「このマシンにやられるところだったのか」と、つぶやく。

「あまり話さないほうがいい」べつの声が聞こえてきた。

「ラス・ツバイ！」ポップは声の主を確認した。「われわれのよろこびは想像もつかないでしょう」

テレポーターが音もなく浮遊して接近し、出動部隊のほかのメンバーもよってきた。みな非常に興奮し、息を切らしている。ミュータントの警告を理解したので、だれもなにもいわない。かれらの話は銀色人のステーションに聞かれるため、なにがあったかわかってしまうからだ。

ラス・ツバイとグッキーは、盗聴されることなく会話できるよう、部隊メンバーのセラン防護服とケーブル接続した。

「銀河系船団はもはや存在しないと思っていました」ボルト・ポップが説明する。「われわれ、あらゆる手をつくしたのに、テラ船と連絡がとれなかったので」

フロストルービン通過後の出来ごとについての報告を聞き、ツバイはこう応じた。

「そういう事情なら、きみたちの行動は論理的で正しかった。それほどまでに優越した敵と戦闘をはじめても意味はなかっただろう」

グッキーはテレパシーを使って男たちの脳内を探り、背景となる知識を得たので、情報をツバイよりも速く、また深く把握することができた。

「アルマダ作業工はこういったんだね……きみたちを救ったのはアルマダ中枢に対抗する反逆者だって」

「そうです」ポップは肯定した。

ネズミ＝ビーバーが知識をどこから得たか、ツバイは訊かなくてもわかった。付き合いはもう長いのだ。

「アルマダ中枢に対抗する反逆者か」かれは、聞いた言葉をくりかえした。「なるほど。重要な情報だ」

「あぶない。だれかがこっちにきます」マイクロキッドは声をひそめた。

「あわてるなって」と、グッキーが応じる。「ペリーとフェルマーだよ。かれらも興味《きょうみ》津々《しんしん》だし、ペリーはまたなんか危険なことを計画してるのさ」

＊

アルカー・クウォーンは謎めいた銀色人のもとに向かいながら、アルマダ作業工アルファのいったことをふいに思いだした。

〝あなたたちは、アルマダ中枢に対抗する反逆者に救われたのです！〟

反逆者たちは、もはやアルマダ中枢から命令はこないという結論を出したのか？ つまり、アルマダ中枢は弱体化したことになる。あるいは完全に消滅したのかもしれない。

無限アルマダは指揮官のない状態におちいっているわけか。そこに銀色人が反逆を起こした。もちろん、目標は権力を握ることにあるのだろう。だが、そうかんたんにはいかないようだ。

到着したのは四角い部屋で、居心地よく優雅に内装されていた。目だたない模様のある石でつくられたテーブルの周囲に、クッションのきいたすわり心地のいい肘かけ椅子がいくつか置かれている。壁にかけられた絵画の三次元レプリカがほのかに光をはなち、クウォーンの心を即座に引きつけた。多大な興味をいだいて観察すると、その大部分は異星の風景を描写したもので、わけのわからない生物があふれていた。

「ここで待っていてください」クウォーンにつきそってきたアルマダ作業工が命じた。

「どうするべきか、すぐに知らせますから」

ロボットは部屋を出ていった。クウォーンはひとりになると、不思議な思いで頭を左右に振った。銀色人との対談がどのようにはじまるか、まったく考えなかったが、待たされることになるとは思いもしなかった。

この施設に銀色人はひとりだけか、それとも複数いるのか？　過去数週間、同時に二名以上の銀色人を目撃した者はいない。銀色人がたまに姿を見せても、かならずひとりだったし、一瞬のことで個人的特徴も認識できなかった。

ひとりしかいないのだろう、と、指揮官は考えた。めったに姿を見せないのもそのためなのではないだろうか。ひとりだけだから不安なのだ。

監視されていることが意識にのぼった。こちらが自分を攻撃するかもしれないとは考えていないはずだが、それでもショウヴクロドンはわたしの一挙手一投足をコントロールしているのだろう。

銀色人は、おのれに有利になるよう状況を利用しているのか？　対談の開始をできるだけ遅らせて、ボルト・ポップと出動部隊のメンバーにロボットを捕らえるチャンスをあたえようとしている？　もしかして、獲物を捕らえたことが確実になるまで対談を引きのばすつもりなのか？

クウォーンは思わず首を振った。

それは考えられない。ショヴクロドンがこうむった損失とくらべると、得られるものはほんのわずかにすぎないのだから。

ならば、待たせる理由はなにか？

こちらを不安にさせ、力を消耗させるためか？

ショヴクロドンとは、何者なのか？　無限アルマダがフロストルービンを通過してM－82に移動するさいに、どのような役割をはたしたのか？　かつてはアルマダ中枢の忠実な臣下だったのか、それともずっと前から反逆するつもりだったのか？　単独で行動しているのか、あるいは銀色人の種族全体がかれを支援しているのか？

単独行動とは思えなかった。種族全体でないとしても、すくなくともその一部が、ショヴクロドンとともに無限アルマダの支配権をもとめて戦っているはず。

だが、このままでは勝てないとわかっている。だから援助が必要なのだ。われわれの援助が。

それにしても、われわれに白羽の矢を立てたのはなぜか？

クウォーンは肘かけ椅子に身を沈め、一枚の絵画をじっと見つめた。いっぷう変わった模様のある猛獣がダチョウを狩るシーンだ。ダチョウは猛烈に嘴《くちばし》を突きたて、避けられない結末に抵抗している。

われわれは従順な奴隷種族ではない。あるかないかのメリットのために盲従しないことは、銀色人もわかっているはず。過去数時間の行動だけでも、意志を通すことのできる手強《てごわ》い相手だと痛感したはずだ。もしかすると、待たせているのはそのためか？　どうすればわれわれをコントロールできるか、考慮しているのか？　次のステップが決まるまで時間を稼ぎたいだけなのか？

クウォーンは、しだいに気持ちがしずまるのを感じた。精神的緊張は解け、準備のととのったおちついた心で対談を待った。

向こうからなにか提案をしてくるはず。ショヴクロドンは心を開くしかない。厄介な任務をはたすことでわれわれにどんなメリットがあるか、明確に伝えてくるにちがいない。

ドアが開き、アルマダ作業工がもどってきた。

「きてください。ショヴクロドンが面会するそうです」

*

「アルカーはいま銀色人と交渉しているはずです」ボルト・ポップは報告する。「でも、そこから生じる結果はもはや意味をなさないでしょう」

「まずは結果を待とう」と、ローダンが応じた。かれもケーブルで男たちと接続している。

「なぜです？」ポップは驚いて訊きかえした。「ここを去ればすむことでしょう。施設から《バジス》に移動する方法なら見つかるはずです」

「たしかに」ローダンは同意し、「だが、それではここで実際になにがおこなわれているのか、わからないままだ」

ポップはかすかに口笛を鳴らしはじめた。真剣に考えているのだろう。

「どうするつもりですか？」かれはたずねた。

「それは明白だ」不死者が応じる。「フェルマーとわたしがきみたちとともに施設にもどって視察し、なにがおこなわれているのか、ともに探りだす」

「常時監視されているんですよ」《ロッポ》船長は意見を述べた。「いたるところに監視カメラが設置されています。銀色人はわれわれから目をはなさないでしょう」

「それは妨げにならない」ローダンは説明する。「きみたちと同じく、われわれも施設内を移動するいいわけを見つける」

「そのことじゃないです。前はいなかった者がきたことに銀色人は気づくはず」

ローダンは軽く笑った。

「異星生物二百名の顔を区別できるとほんとうに思っているのか？　まず無理だろう」

「そうですね。われわれはみな同じに見えるでしょう」ポップは同意した。「ただ、ひとつだけ問題があります。われわれはセラン防護服を着用していますが、あなたたちは着用していない。われわれのうち二名の防護服を、あなたとフェルマーのものと交換できる場所が必要です」

「グッキーとラスとともに施設にテレポーテーションすればいいんじゃないですか？」

カルロス・モンタテスがたずねた。

「ポジトロン監視装置が設置されていれば、前より二名増えたことがわかってしまう」

と、フェルマー・ロイド。「きみたちのなかの二名に、ペリーとわたしとともに《コブラ》にテレポーテーションしてもらい、そこで防護服を交換して、その後ここからステーションにもどろう」

ソクラト・カルティシス、マイクロキッド、カルロス・モンタテス、ボルト・ポップの四名は《コブラ》で安穏とすることを拒否し、ほかのメンバー三名も最初は交代するのをいやがった。すると、グッキーがその一名にわきからパンチをくりだした。

「ぼくが思考を読めるってこと、忘れてるな、デュサン。きみが銀色人の施設はもうんざりだと思ってるって、わかってんだから。いっしょにくるんだ。ぼかあ、きみとペリーを連れて《コブラ》にひとっ飛びするよ。ラスはサフトンの面倒をみる。かれも、囚人でいつづける気はないみたいだから」

「苦情をいったわけではありません」サフトン・デスは声を張りあげた。「ただ……」

「弁解する必要はない」ローダンが応じた。「サフトン、志願してくれたほうがありがたいのだ。だれもきみを責めない」

サフトン・デスが答える間もなく、イルトはデュサンとローダンの手をとり、《コブラ》にテレポーテーションした。数分後にもどったとき、細胞活性装置保持者はセラン防護服を着用し、ラス・ツバイはフェルマー・ロイドとともに出現した。

「準備完了だね」グッキーがいった。「なにか問題が発生したら、ぼくに助けをもとめればいいからさ」

「頭に入れておくよ、ちび」ローダンは笑った。

一行はケーブルをはずし、捕獲したアルマダ作業工二体を宇宙ステーションに牽引していく。フェルマー・ロイドは、可視範囲内にあるアルマダ艦の数がふたたび増大したようだと判断した。ステーション突出部で無数のアルマダ作業工が働いている。ショヴクロドンは、アルマダ中枢との戦いにそなえてステーションを大々的に改造するつもりらしい。

ローダンは、シグリド人司令官のジェルシゲール・アンとかわした最後の会話を思いだした。そのときアンは考えていることを明かし、このステーションがアルマダ工廠だろうという推測は捨てたといったのだ。

「アルマダ工廠にしてはちいさすぎる」と、アンはいった。

ちいさすぎる、とは！　ステーションの直径は二キロメートル以上ありそうだ、と、ローダンは頭のなかで考えていた。アルマダ工廠はどれほどの規模なのか？

＊

宙航士たちの宿舎はしずかで、会話しているのは男女数名のみだった。かれらの大部分は張りつめた気持ちでアルカー・クウォーンがもどるのを待っていた。将来への希望をいだかせてくれる知らせを期待して。

ミルトン・ルーカスは、そわそわしておちつかないようすで、ドアのそばのスツールに腰かけている。

かれには不安があった。アルカー・クウォーンに武器を向けて立ち向かったのは重大な誤りだったことに気がついたのだ。

銀色人との対談からもどったとき、クウォーンの立場はどうなるだろうか。乗員たちになにを告げることになるのか？　将来的にはすべてが改善されると？　あるいは、われわれの存在をかけてアルマダ作業工および銀色人と戦わなければならないと？

こっそり周囲を見まわすと、いまだにアルカー・クウォーンに反感をいだく乗員も多数いるのが感じられた。できることなら自分たちの船長とかわってほしいと希望しているようだ。過去数週間は全員にとって過酷だったため、状況が変化したのだろう。

だが、いまいましいことに、クウォーンは実際に最高の指揮官だった。ポップ、デュランテ、シーマの三名は、クウォーンに指揮権をゆだねた理由を承知している。そのことが自分の立場をはるかに悪化させた、と、ルーカスは考えていた。クウォーンは機会さえあれば自分を真っ先に死に送りこむだろう。咎《とが》を負うことなく、さりげなくそれができるなら、自分にはチャンスはない。こちらから行動を起こさなければ、死に追いやられる。

かれは、横にいる男を小突いた。

「悪いことになる。アルカー・クウォーンはわれわれ全員を裏切るぞ」

「なんのことだ？」と、男が応じた。「ばかな。アルカーはそんなことをしない」

ふたりの声が大きかったので、周囲にいた男女の注意を引いた。

すると、マット・デュランテが歩みよってきた。その憂鬱そうな目を見て、自分に同意しているとルーカスは感じた。《パーサー》船長の表情は、基本的にはネガティヴなことしか期待できない、と、告げていた。

「なにかいったな、ミルトン。もう一度くりかえしてもらえるか？」

「わかりました」コンピュータ技師は立ちあがって背中を壁にもたせた。「アルカーはわれわれをあざむこうとしています。ショヴクロドンについて、われわれはなにひとつ知らない。対談するのはアルカーだけだ。かれはわれわれを犠牲にして自分の安全をはかろうとしているのです」

「それは非常に辛辣《しんらつ》な非難だ。はっきりいって、おのれの船長に対して許容される発言を超えている」

ほかの宙航士たちも周囲によってきて、ひと言も聞きもらすまいと耳を澄ませている。ミルトン・ルーカスはいくつかのコメントを聞いて、全員がアルカー・クウォーンの敵だという誤った仮定に達した。

「わたしはアルカー・クウォーンについて知っていることがあるのです。これ以上黙っていられない」ルーカスはいい、決然と背筋を伸ばした。「かれはテラでジャーナリストの仕事をしていたとき、明らかに現行法に違反する行為をおこないました」

その主張は爆弾のように人々を貫いた。堰《せ》きとめられた緊張がはけ口をもとめていたので、人々はめちゃくちゃに話しはじめ、詳細に説明してくれと要求した。

そのとき、マット・デュランテが乗員たちをしずめ、

「きみはいまになってアルカーを弾劾するのか。それはきわめて下劣なことだ」と、鋭い口調でいった。マット・デュランテのそのような態度を見るのははじめてで、まるで知らない人物に思われた。

ルーカスはからだをびくっと震わせると、まったくそのとおりと思われる非難を無視

して、クウォーンのジャーナリスト時代の行為を簡潔に報告した。

話が終わると、ショックによる沈黙が室内を領した。

ミルトン・ルーカスが見まわすと、みんな一様に真剣で心配そうな表情をしている。自分のほうから打ってかかることで船長から攻撃される可能性をかわすという決定は正しかったようだ。かれはひそかに自己礼讃した。

内心ほくそえみ、口髭をなでながらマット・デュランテに向きなおる。

「さて、どうです？」

《パーサー》船長は、身がまえることなくいきなり殴りかかった。ふいにこぶしが飛んでルーカスの顎にあたる。技師は身を守るひますらなく、吹っ飛ばされて壁にあたり、そのまま床にずりおちて、意識朦朧《もうろう》とした状態で倒れた。

「ミルトン・ルーカスがいま申したてたことを、ヘンリー・シーマ、ボルト・ポップとわたしはとっくに知っていた」デュランテは、全員が理解できるよう大きな声ではっきりと語った。「われわれには、それはどうでもよかった。というのも、アルカーは最高の指揮官だからだ。今後もそれは変わらない。たとえ意見分裂をはかる者がほかにもいたとしても」

女がひとり前に出て、ミルトン・ルーカスの非難に対して意見をいおうとしたが、いまやヘンリー・シーマも《パーサー》船長に同調した。

「聞く耳は持たないぞ。ノー・コメントだ。われわれ、アルカーを支持する」

＊

アルカー・クウォーンは立ちあがり、アルマダ作業工に接近した。

「もう充分に待った。そろそろきみの依頼主に会わなければ」

ロボットはわきにしりぞき、銀色人が対談する予定の細長い部屋にかれを通した。クウォーンは、表向きは悠然としているが、心中はやや緊張していた。待たされたことで神経がすりへったようだ。

ついに謎めいた銀色人が仮面をとる時がきた。

部屋の中央に水槽があり、両側の壁まで達している。未知者はその向こうにいた。赤いシートを張った肘かけ椅子にすわり、冷ややかな目でクウォーンを見ている。かれはドアの前に立ちつくした。背筋を冷たいものがはしる。目の前にいるのは、想像していた生物とは完全に違っていたのだ。

異星人は攻撃のとどかない位置にいる。攻撃しようにも、水槽を跳びこえることは不可能だし、エネルギー砲を相手に向けるのも無意味だ。天井と壁に細いリング状の突起がいくつもあり、そこには牽引ビーム発生装置がかくされている。クウォーンが銀色人の殺害を試みれば、ずたずたに切り裂かれてしまうだろう。

クウォーンは当惑して未知者に歩みよった。目は相手の姿に釘づけになっている。男か、それとも女か？　考えても答えはわからなかった。

銀色人には頭髪も眉毛も生えていない。外見は人間と類似しており、くすんだ光をはなつ銀色のなめらかな皮膚のほかに目につく相違はない。だが、まったく体毛のない姿は、これまでかれの見たどの異人よりも異様に思われた。

ショヴクロドンを見て、アルカー・クウォーンは大きなショックを受けた。

これほどまでに人間らしい人間……いや、人類とほとんど同じ外見を持つ非人類に出会うとは考えていなかったのだ。

なにかいおうとしたが、思考がブロックされているらしく、なにも思いつかず、舌を動かすこともできなかった。

銀色人の持つアルマダ炎は、これまで映像で見たどれよりも明るいような気がした。

「われわれの意にそわないことができると、ほんとうに考えているのか？」ショヴクロドンは冷然と高圧的にたずねた。「われわれの命令を拒否することができるなどと思っているのか？」

あとがきにかえて

シドラ房子

超能力っていったいなんだろう？　と、ふと疑問を抱いた。意味を調べると、「通常の人間にはできないことを実現できる特殊な能力」「現在の科学では説明できない未知の能力」などとある。なるほど。ローダン・シリーズは「通常の人間」や「現在の科学」をこえるものだらけだから、〝現在の通常の人間〟であるわたしたちにはできないことが次から次へと起こるわけだ。著者は多大な想像力を要求されるので大変かもしれないが、逆にそうした能力を羽ばたかせるチャンスともいえる。〝超能力〟という言葉がわたしの頭からはなれなくなったきっかけは、顕著な超能力を持つ人物と接したことだった。

実は、しばらく前に体調を崩し、かなりひどい下痢と嘔吐感が何ヵ月もつづいたため、とりあえず主治医のもとで検査してもらった。だが、それらの原因となるものは見つからず、その後に生じたさまざまな症状から自律神経の乱れと診断された。何度か薬をもらいに行ったときに、「I氏に相談するといいかもしれない」といわれた。I氏というのは薬剤師兼ヒーラーであり、主治医とわたしの共通の友人Aの友人でもある。

ヒーラーに対して多少の抵抗はあったが、友人Aには多大な信頼を置いているし、医者のすすめでもあったので（意外ではあったが）、友人Aをとおして予約を入れてもらった。I氏は何カ月も先まで予約でいっぱいだったが、コネのおかげで一カ月半後にアポがとれた。

自分の臓器を透視できる超能力者について読んだことがあるが、I氏は、わたしの体内を文字どおり透視した。

挨拶の握手をしたのちテーブルをはさんですわると、I氏はなにも質問せず、まるで雑談でもするように話しはじめた。わたしについてのかんたんな情報は、友人Aから得ていたらしい。

「翻訳と演奏活動の組み合わせはいいね。仕事で腹が立つことはある？」

日常生活でムカつくことはあるが、むしろ仕事とは関係がない。アジア人としてスイスに住んでいると、しょっちゅうストレスを受けるのだ。すぐに答えられずにいると、I氏はかまわず先に進む。

やんわりと確認するような話し方だったが、この人にはわたしの内部が見えているんだ……ということが、まもなく明白になった。たくさんのことを指摘されたが、どれも当たっていた。そのひとつは「清潔さに過敏なところがある」というものだ。日本では、学校から帰ったらまずせっけんで手を洗う、というのが子供たちの習慣になっている（すくなくともわたしが子供のころは）。そのため、手を洗わずに食物に触れることに抵抗があり、いまではすごく頻繁に手を洗うようになったほか、たしかに過敏といえるかもしれない。身近な人たちはもちろん気づいていると思うが……。

そのほか、「あなたの場合、左脳がすごく不均衡に発達している」という指摘もある。わたしは驚いて、「あ、はい」と答えた。そんなことは自分でも知らなかったが、想像はしていた。前にも書いたことがあるが、わたしはすでに長年にわたり、小説または哲学や歴史、実用書のオーディオブックを多量に聴いている。聴くのはかならずほかの作業をしているとき（料理、片づけ、買い物への行き帰りなど）で、本の内容を理解しながら細かい料理の手順などを考えなければならない。最初は本の内容を途中で聴きのがしたりしたが、しだいに聴くことと作業の両方をきちんとこなせるようになった。ただし、イヤホンは右耳だけで、両耳に入れると長続きしない。まもなく、オーディオブックを完全に理解しながらほかのことを考えたり作業したりすることができるようになり、脳が分業していると意識するようになった。

こうしたことは自分で感じていただけなので、I氏にいわれてすごく驚いた。ほかにも本人以外だれも知らない（はずの）指摘がたくさんあった。また、何カ月もつづいていたしつこい下痢は、治療（もちろん補完代替医療に属するもの）を受けたその日のうちにすっかりよくなり、数日後には嘔吐感も消えた。また、そのほかのいくつかの点についても、改善されたのがはっきり感じられた。

このような能力についてはいろいろ読んで知っていたし、実際に目の前で身体的障害が治癒するのを見たこともある。それでも、自分の身で体験するのは、いい意味でショックだった。I氏は、薬剤師の実習をしていたときから、お客さん（患者さん）が薬局に入ってくると、処方箋を見るまでもなくすぐに必要な薬がわかったという。

エピソードがちょっと長くなってしまったが、〝十一名の力〟は一一一一話にあたる。一が四個並んだのを祝うかのように、著者ホルスト・ホフマンは数カ所で同じ数字の配列を使っている。ホフマンはこうしたおふざけを好むことで知られているそうだ。

わたしが高校生のとき、隣にいた子が授業中にぷっと吹きだしたので、「どうしたの？」という表情を向けると、「だってきょう、十一月十一日でしょ。たったいま気がついたの」といって笑っている。なぜそんなにおかしいのかよくわからなかったが、あまりにも無邪気によろこんでいるので、わたしもつられて笑った。彼女なら、一一一一話をやはり盛大に祝っただろうな……これまで思いだしたこともなかったけれど。

ホフマンもアイデアを発揮して、登場する十一の上位存在の名前にローダン・シリーズの著者十一名の頭文字を使っている。たとえば、ハクン（Hakn）はハンス・クナイフェル（Hans Kneifel）、クルダ（Clda）はクラーク・ダールトン（Clark Darlton）から導かれている、といった具合に。以下、カハス（Kahas）、エルヴル（Ervl）、フゲウ（Hgew）、フグフル（Hgfr）、ドグウィ（Dgwi）、クーマ（Kuma）、ペグル（Pegr）、マシー（Masy）、ウィヴォ（Wivo）……これらのもとになった著者の名前を解き明かすのは、読者の方々のほうがわたしよりずっと早いのではないだろうか。

グッキーが絶体絶命の危機におちいり、読者のみなさんもはらはらしながら読んでくださったことと思う。一一二話からは、タイトルにもなっている〝銀色の影〟または〝銀色人〟と呼ばれる新しい敵が登場する。無限の宇宙を舞台とするスペース・オペラ……永遠につづいてほしいと願いたくなる。

訳者略歴　武蔵野音楽大学卒，独文学翻訳家　訳書『虎の王者キサイマン』エーヴェルス（早川書房刊），『空の軌跡』ピカール他多数

HM=Hayakawa Mystery
SF=Science Fiction
JA=Japanese Author
NV=Novel
NF=Nonfiction
FT=Fantasy

宇宙英雄ローダン・シリーズ〈556〉

11名《めい》の力《ちから》

〈SF2151〉

二〇一七年十一月十日　印刷
二〇一七年十一月十五日　発行

（定価はカバーに表示してあります）

著者　ホルスト・ホフマン　H・G・フランシス
訳者　シドラ房子《ふさこ》
発行者　早川浩
発行所　株式会社早川書房

郵便番号　一〇一 - 〇〇四六
東京都千代田区神田多町二ノ二
電話　〇三 - 三二五二 - 三一一一（大代表）
振替　〇〇一六〇 - 三 - 四七七九九
http://www.hayakawa-online.co.jp

乱丁・落丁本は小社制作部宛お送り下さい。
送料小社負担にてお取りかえいたします。

印刷・信毎書籍印刷株式会社　製本・株式会社川島製本所
Printed and bound in Japan
ISBN978-4-15-012151-8 C0197